光文社文庫

文庫書下ろし／長編時代小説

無駄死に
日暮左近事件帖

藤井邦夫

光　文　社

本書は、光文社文庫のために書下ろされました。

目次

江戸川橋
大塚
板橋宿へ
巣鴨
赤城明神
石切橋
神楽坂
江戸川
切支丹坂
御薬園
中山道
松平越前守屋敷
日光御成街道
小石川馬場
傳通院
小石川
神明宮
白山
駒込
小石川御門
水戸徳川家
春日町
水道橋
菊坂台町
御弓町
駒込追分
千駄木
神田川
本郷
加賀前田家
根津権現
道灌山
湯島聖堂
霊雲寺
日暮里
門前町
湯島天神門前町
茅町
不忍池
神田大明神
湯島天神
弁財天
石神井用水
妻恋坂
池之端仲町
東叡山寛永寺
根岸
谷中
下谷御成街道
下谷広小路
外神田
御徒町
向柳原
入谷鬼子母神
（真源院）
三味線堀
幡随院
浅草天王町
甚内橋
鳥越明神
下谷三之輪町
千住大橋
阿部川町
新吉原
新堀川
鳥越橋
旅籠町
日本堤
奥州街道
東本願寺
御米蔵
御蔵前通り
御蔵前
首尾の松
浅草広小路
浅草寺
小塚原
御厩河岸之渡し
駒形町
新鳥越橋
山谷町
雷門
山谷堀
浅草駒形堂
花川戸町
聖天町
吾妻橋
竹町之渡し
今戸橋
今戸町
白鬚之渡し
隅田川
源兵衛橋
竹屋之渡し
北割下水
瓦町
中之郷
水戸藩下屋敷
向島墨堤
三囲稲荷
長命寺
木母寺
隅田村
源森川
小梅村
法恩寺橋
横川
業平橋
寺島村

伝馬町
平川町
四谷御門
市谷
赤坂
麹町
赤坂御門
市谷御門
御納戸町
氷川明神
善國寺
若宮八幡宮
溜池
牛込御門
番町
千鳥ヶ淵
半蔵御門
田安御門
西之御丸
清水御門
虎之御門
外桜田御門
雉子橋御門
新シ橋
和田倉御門
江戸城
一橋御門
猿楽町
南町奉行所
幸橋
土橋
北町奉行所
数寄屋橋御門
神田橋御門
呉服橋御門
常盤橋御門
鎌倉河岸
駿河台
汐留橋
銀座町
竜閑橋
昌平橋
三十間堀川
数寄屋町
鍛冶町
筋違御門
京橋
一石橋
今川橋
木挽町
室町
下谷練塀小路
西本願寺
弾正橋
日本橋
和泉橋
佐久間河岸
内神田
組屋敷
雲母橋
大伝馬町
楓川
伊勢町
小伝馬町
南八丁堀
八丁堀
江戸橋
亀井町
柳原土手
八丁堀組屋敷
西堀留川
公事宿巴屋
鎧ノ渡し
中之橋
馬喰町
小網町
公事宿巴屋の寮
亀島川
日本橋川
緑橋
両国広小路
浅草御門
稲荷橋
汐見橋
一ノ橋
千鳥橋
鉄砲洲
高橋
新川
南新堀町
行徳河岸
米沢町
浅草橋
佃島
霊巌島
箱崎町
浜町堀
薬研堀
二ノ橋
永久橋
箱崎川
両国橋
柳橋
石川島
永代橋
新大橋
大川
熊井町
一ツ目之橋
回向院
佐賀町
今川町
上之橋
万年橋
御竹蔵
大島町
油堀
海辺大工町
六間堀
本所
高橋
二ツ目之橋
越中島
亥ノ口橋
富岡橋
海辺橋
林町
仙台堀
蓬莱橋
富岡八幡宮
五間堀
南割下水
亀久橋
霊巌寺
小名木川
深川
竪川
吉岡橋
三ツ目之橋
木場
土浦藩下屋敷
新高橋
崎川橋
大横川
西
北
東
南
0
500m

主な登場人物

日暮左近　元は秩父忍びで、瀕死の重傷を負っているところを公事宿巴屋の主・彦兵衛に救われた。いまは巴屋の出入物吟味人。

彦兵衛　馬喰町にある公事宿巴屋の主。瀕死の重傷を負っていた左近を巴屋の出入物吟味人として雇い、巴屋に持ち込まれる公事の調べに当たってもらっている。

おりん　公事宿巴屋の主・彦兵衛の姪。浅草の油問屋に嫁にいったが夫が亡くなったので、叔父である彦兵衛の元に転がり込み、巴屋の奥を仕切るようになった。

房吉　巴屋の下代。彦兵衛の右腕。

清次　巴屋の下代。

お春　巴屋の婆や。

嘉平　柳森稲荷にある葦簀張りの飲み屋の老亭主。元は、はぐれ忍び。今は抜け忍や忍び崩れの者に秘かに忍び仕事の周旋をしている。

堀田京之介　旗本堀田家当主。幕府御側衆。

片平半蔵　堀田京之介の家臣。

道鬼　仙台藩黒脛巾組の忍びの頭。

清水祐之助　柳生藩藩士。

文七　錺職人。

おすみ　文七の女房。

笠原主水正　大目付。

黒木兵部　仙台藩目付。

藤十郎　唐物屋「湊堂」の主。

直弥　裏柳生の忍び。

伊達小五郎　仙台藩伊達家一族の侍。

真山兵庫　伊達小五郎の守役。

無駄死に

日暮左近事件帖

第一話　踏倒し

一

江戸湊《みなと》は陽差しに煌《きら》めき、行き交う船は黒い影となって揺れていた。

公事宿《くじやど》『巴屋《ともえ》』の出入物吟味人《でいりものぎんみにん》の日暮左近《ひぐらしさこん》は、鉄砲洲波除稲荷《てっぽうずなみよけいなり》の境内に佇《たたず》み、吹き抜ける汐風《しおかぜ》に鬢《びん》の解《ほつ》れ髪を揺らしながら煌めく江戸湊に眼を細めていた。

築地西本願寺《つきじにしほんがんじ》の鐘は、午《うま》の刻九つ（正午）を静かに報せた。

公事宿『巴屋』主の彦兵衛《ひこべえ》は、昼過ぎには役所での公事訴訟を終えて戻る筈《はず》だ。

さあて、行くか……。

左近は、日本橋馬喰町《にほんばしばくろちょう》にある公事宿『巴屋』に向かった。

日本橋馬喰町は、本石町一丁目《ほんごくちょう》と浅草《あさくさ》御門を結ぶ往来にあり、多くの人が行き交っていた。

公事宿『巴屋』は、微風に暖簾《のれん》を僅かに揺らしていた。

隣の煙草屋には、公事宿『巴屋』のお春《はる》、隠居、妾《めかけ》稼業の女などが珍しく集まっていなかった。

珍しいな……。

いつもなら、暇なお春たちが煙草屋の店先でお喋りをしながら、公事訴訟で負けた者が逆恨みをして公事宿『巴屋』を襲うのを警戒しているのだ。

それが、集まっていないのだ。

お春婆さん、腹でも壊したのかな……。

左近は、公事宿『巴屋』の暖簾を潜《くぐ》った。


「邪魔をする……」

左近は、土間から板の間にあがった。

「あら、いらっしゃい……」

おりんが奥から出て来た。

「お春さん、どうかしたのか……」

「えっ。ああ……」

おりんは、左近の云っている事の意味に気が付いた。

「珍しく御隠居さんにお客が来て、お妾のおみよさんは旦那とお出掛け、それでお春さんは昼寝ですよ」

おりんは苦笑した。

「そうか……」

左近は、お春たちが集まっていない理由を知った。

「それより、叔父さんが仕事部屋でお待ち兼ねですよ」

「うん……」

左近は、彦兵衛の仕事部屋に向かった。

「すみませんね。急に呼び出して……」

彦兵衛は、筆を置いて左近に向き直った。

「いえ。して、用とは……」

「此《これ》を御覧下さい……」

彦兵衛は、一枚の古証文を左近に差し出した。

左近は、古証文を見た。

古証文は五十両の借用証文であり、宛先は呉服屋『角菱屋《かくびし》』勘三郎《かんざぶろう》、差出人は旗本《はたもと》水野京之介《みずのきょうのすけ》と書き記され、日付は五年前のものだった。

「五年前の五十両もの借用証文、返す期限は過ぎているのでしょうね」

左近は読んだ。

「そりゃあもう。一年後に返す約束ですから……」

彦兵衛は眉をひそめた。

「だが、期限に返さず五年が過ぎましたか……」

「ええ……」

「金を借りた水野京之介、最初から借りた金を返す気はなかったようですね」

左近は苦笑した。

「かもしれません。それで、呉服屋角菱屋は今、商いが行き詰まり、潰れ掛かっていましてね。旦那の勘三郎さんが返して欲しいと水野さまの屋敷に伺《うかが》ったのですが、借りた京之介さまは既に屋敷にいないと追い返され、途方に暮れて巴屋に来ましてね……」

「借りた水野京之介が屋敷にいないとは……」

左近は尋ねた。

「京之介は千石《ごく》取りの旗本水野家の部屋住みでしてね。金を借りた後、養子に出たのですよ」

「養子……」

「ええ。やはり直参《じきさん》旗本の堀田《ほった》家の娘の婿養子になりましてね」

「ならば、水野京之介から堀田京之介になった訳ですか……」

「ええ……」

「ならば、その堀田京之介の許に取り立てに行けば良いのでは……」

「ところが堀田家は五千石取りのお大身《たいしん》。で、京之介は二年前から御側衆《おそばしゅう》の御役目に就いていましてね」

「御側衆……」

左近は眉をひそめた。

〝御側衆〟とは、将軍と老中《ろうじゅう》や若年寄《わかどしより》などの取次ぎにあたる他、江戸城勤務の諸役人、番士《ばんし》の監察と将軍への報告などが役目の公儀重職だ。

「ええ。それで門前払いをされた……」

彦兵衛は、厳しさを滲《にじ》ませた。

「門前払い……」

「ええ……」

彦兵衛は頷《うなず》いた。

「借用証文に名を書き、爪印《つめいん》を押してあってもですか……」

左近は、古い借用証文を見た。

古い証文の水野京之介の爪印は、赤黒く乾いていた。

「ええ。で、角菱屋の勘三郎の旦那、どうにかならないかと、相談に見えましてね」

彦兵衛は、吐息混じりに告げた。

「角菱屋の勘三郎、五年前、何故《なにゆえ》に水野京之介に五十両もの金を貸したのですか……」

左近は、首を捻《ひね》った。

「私もそいつを勘三郎の旦那に訊いたのですが、当時、角菱屋の一人娘と京之介は恋仲だったとか……」

「恋仲。ならば、一人娘を通して……」

「勘三郎の旦那、一人娘に泣きつかれて渋々貸したそうです」

「して、京之介は五十両を借りた途端に堀田家の婿養子になりましたか……」

左近は読んだ。

「ええ……」

彦兵衛は、左近を見詰めて頷いた。

「どうやら京之介、最初から踏み倒すつもりだったようですね」

「やはり、そう思いますか……」

彦兵衛は苦笑した。

「ええ……」

左近は頷いた。

「水野、いえ、堀田京之介、かなり狡猾《こうかつ》で悪辣《あくらつ》な奴ですよ」

「して、どうするのです」

左近は、彦兵衛の出方を尋ねた。

「評定所《ひょうじょうしょ》に訴えたところで御側衆、下手をすれば上様お声掛かりで揉み消され、勘三郎の旦那もどうなるか分かりません」

彦兵衛は、腹立たしげに吐き棄てた。

「ならば、泣き寝入りですか……」

「それしかないのかも……」

彦兵衛は、憮然《ぶぜん》たる面持ちで頷いた。

「分かりました。御側衆の堀田京之介、ちょいと探ってみます」

左近は笑った。

「左近さん……」

「借りたものは返すのが人の世の道理。京之介に道理を教えてやります」

左近は、不敵に云い放った。

外桜田《そとさくらだ》永田町《ながたちょう》は、内濠《うちぼり》に架かっている桜田御門と溜池《ためいけ》、日吉山王《ひよしさんのう》大権現社の間にある。

御側衆堀田家の屋敷は、山王大権現の隣で溜池を背にしてあった。

左近は、堀田屋敷を眺めた。

堀田屋敷は、五千石の格式を誇る豪壮《ごうそう》な旗本屋敷だった。

千石取りの旗本家の部屋住みが、五千石の旗本家の婿養子になるには、それなりの理由がある筈だ。そして、京之介は義父である堀田采女正《うねめのしょう》の後を継ぎ、数人いる御側衆に抜擢されていた。
京之介はどのような者なのか……。
左近は、京之介に興味を持った。
豪壮な堀田屋敷は、表門を閉じて静寂に包まれていた。
左近は、堀田屋敷を眺めた。
閉じられた表門や屋敷を囲む土塀の向こうには、微《かす》かに人の気配がした。
左近は気付いた。
背後に房吉《ふさきち》が来た……。
左近は、房吉の気配に振り返った。
公事宿『巴屋』の下代《げだい》の房吉が、永田町の通りを足早にやって来た。
「やあ……」
左近は、房吉を促して堀田屋敷の隣の山王大権現社の鳥居の陰に入った。
「やはり、此処《こ こ》でしたか……」
房吉は、堀田屋敷を眺めた。
「どうかしましたか……」
「いえね。左近さんがとんでもない奴を探り始めたと、旦那に聞きましてね。あっしの公事訴訟も落着したので……」

「手伝ってくれるのですか……」

「邪魔でなければ……」

房吉は笑った。

「大助かりです」

左近は微笑んだ。

「左近さん……」

房吉は、永田町の通りをやって来る武家駕籠一行を示した。

左近は、鳥居の陰から見守った。

武家駕籠は数人の供侍《ともざむらい》に護られ、山王大権現の前を通って堀田屋敷に進んだ。

「堀田京之介が下城して来たんですかね」

房吉は読んだ。

「きっと……」

左近は頷き、殺気を短く放った。

駕籠脇の供侍が一行を止めて身構え、辺りを鋭く見廻した。

「どうした、半蔵《はんぞう》……」

武家駕籠から男の声がした。

「はい。一瞬、得体の知れぬ殺気が……」

半蔵と呼ばれた駕籠脇の供侍は、鋭い眼差しで周囲を見廻した。

「得体の知れぬ殺気だと……」

武家駕籠の戸を開け、武士が精悍《せいかん》な顔を見せた。

「はい。殿を御屋敷に……」

半蔵は、他の供侍たちを促した。

他の供侍たちは、武士を乗せた武家駕籠を護って堀田屋敷に急いだ。

半蔵は身構え、辺りを警戒しながら武家駕籠一行の殿《しんがり》を務めた。

堀田屋敷の表門が開き、精悍な顔をした武士を乗せた武家駕籠と供侍たちは入った。

半蔵は、辺りを油断なく窺《うかが》いながら続いた。

表門は軋《きし》みを鳴らして閉められた。

左近と房吉は、山王大権現社の鳥居の陰から見送った。

「駕籠に乗っていた野郎が、堀田京之介ですかい……」

房吉は見定めた。

「間違いないでしょう」

左近は頷き、堀田屋敷を眺めた。

「何か……」

「駕籠脇の供侍、只者《ただもの》じゃありません」

左近は、短く放った殺気に気が付いた駕籠脇の供侍が気になった。

「只者じゃあない……」

房吉は眉をひそめた。

「おそらく忍《しの》び……」

左近の放った短い殺気は、剣の達人か忍びの者でなければ気が付けぬ程のものだ。

それに気が付いた……。

左近は睨《にら》んだ。

「忍び……」

房吉は、思わず堀田屋敷を眺めた。

「ええ……」

左近は、堀田屋敷の表門や土塀の向こうに窺えた人の気配を思い出した。

忍びの者だ……。

「堀田屋敷に忍びの者がいるんですか……」

房吉は、戸惑いを浮かべた。

「どうやらそうらしいですね」

左近は、堀田屋敷を見据えた。

堀田屋敷は静寂に包まれていた。

面白い……。

左近は、不敵な笑みを浮かべた。

山王大権現の林の梢《こずえ》が風に鳴った。


芝《しば》の増上寺《ぞうじょうじ》は、戌《いぬ》の刻五つ（午後八時）の鐘の音を夜空に響かせた。

芝湊町《みなとちょう》の東の奥、金杉《かなすぎ》川が江戸湊に流れ込む岸辺に料理屋『汐風《しおかぜ》』はあった。

「それでは片平《かたひら》さま、お殿さまに宜しくお伝え下さい」

高利貸しの吉右衛門《きちえもん》は、片平と呼んだ頭巾を被った武士を料理屋『汐風』の女将や仲居たちと店の前で見送った。

「うむ。吉右衛門、ではな……」

頭巾を被った片平は、悠然とした足取りで浜松町《はままつちょう》の通りに立ち去って行った。

「ありがとうございました」

「お気を付けて……」

吉右衛門は、女将や仲居たちと見送った。

「じゃあ女将、ちょいと飲み直すよ。新しい酒をね……」

「はい。直ぐに……」

吉右衛門は、客室に戻って行った。


客室に戻った吉右衛門は、一人で酒を飲み始めた。

「何が御側衆だ。踏倒しの京之介が。貸した百両、踏み倒すつもりなら、評定所に訴え出て、騒ぎ立ててやる……」

吉右衛門は、嘲《あざけ》りを浮かべて手酌で酒を飲んだ。

「そいつは迷惑だ……」

吉右衛門は、背後からの声に振り返ろうとした。

刹那《せつな》、吉右衛門の首に黒い手甲《てっこう》の腕が巻き付いた。

「そ、その声は、片平……」

黒い手甲の腕の男は、黒い忍び装束の片平だった。

「余計な真似はするな……」

片平は囁《ささや》き、吉右衛門の首を絞め、懐から借用証文らしき物を奪い取った。

吉右衛門は青ざめ、眼を大きく瞠《みは》って苦しく踠《もが》いた。

片平は、吉右衛門の首を絞めて捻った。

吉右衛門の首の骨が鳴り、呆然《ぼうぜん》とした面持ちで凍《い》て付いた。

客室の前に人がやって来た。

片平は、借用証文を手にして天井に跳んだ。

「お待たせしました、吉右衛門さま……」

仲居が、新しい酒を持って入って来た。

客室には、吉右衛門が座っているだけだ。

「新しいお酒をお持ちしました……」

仲居は、吉右衛門に微笑み掛けた。

吉右衛門は、眼を瞠ったままゆっくりと横倒しになり、口元から血を滴らせた。

仲居は、甲高い悲鳴を上げた。

鉄砲洲波除稲荷の赤い幟旗《のぼりばた》は、江戸湊から吹く風に翻っていた。

公事宿『巴屋』の持ち家では、左近が出掛ける仕度をしていた。

「お邪魔しますよ……」

公事宿『巴屋』の彦兵衛が、下代の房吉と一緒に訪れた。

「どうかしましたか……」

左近は迎えた。

「昨夜、吉右衛門という高利貸しが、芝湊町の料理屋で殺されましてね」

彦兵衛は告げた。

「高利貸しが……」

「ええ。その吉右衛門、殺される前に料理屋で旗本堀田家家中の片平半蔵という

お侍と逢っていたそうです」

「堀田家家中の片平半蔵……」

左近は眉をひそめた。

「その片平半蔵、堀田さまの駕籠脇を固めていた忍びの者かも……」

房吉は睨んだ。

「ええ。で、殺される前の吉右衛門と逢っていたのですか……」

「ええ。その片平半蔵が帰り、吉右衛門が一人で飲み直していて殺されたと……」

「その高利貸しの吉右衛門、堀田京之介に金を貸しているのですか……」

「はっきりはしませんが、おそらく……」

彦兵衛は頷いた。

「ならば、高利貸しの吉右衛門、貸した金を返して貰えず、何かをしようとして殺されましたか……」

忍びの者の片平半蔵は、帰ったと見せ掛けて料理屋に戻り、高利貸しの吉右衛門を秘かに始末した。

左近は読んだ。

「はい。私はそう思います」

彦兵衛は頷いた。

「じゃあ、角菱屋の勘三郎の旦那も、訴えたり騒ぎ立てたりすれば、同じ目に……」

房吉は、険しさを滲ませた。

「殺されるでしょう」

左近は頷いた。

「非道《ひどう》な真似をしやがる……」

房吉は吐き棄てた。

「ならば房吉さん。堀田屋敷に行きますか……」

左近は、無明刀《むみょうとう》を手にして立ち上がった。


日吉山王大権現社は、長い参道の奥に本殿などがあり、雑木林に囲まれている。

左近は塗笠《ぬりがさ》を上げ、房吉と山王大権現社の鳥居の傍から堀田屋敷を窺った。

堀田屋敷は表門を閉めていた。

「さあて、どうします」

房吉は眉をひそめた。

「暫《しばら》く様子を見ますか……」

「ええ。それにしても京之介、あっちこっちから金を借りているんですね」

房吉は苦笑した。

「角菱屋の勘三郎旦那に高利貸しの吉右衛門、他にも借りているかもしれません……」

左近は読んだ。

「その借りた金を何に使ったのか……」

房吉は眉をひそめた。

「堀田家の婿養子になる為か、御側衆になる為か……」

左近は、借りた金の使い道を読んだ。

堀田屋敷の表門脇の潜《くぐ》り戸《ど》が開いた。

左近と房吉は、鳥居の陰に隠れた。

片平半蔵が潜り戸から現れた。

「片平半蔵です……」

房吉は眉をひそめた。

片平半蔵は、鋭い眼で辺りを窺い、編笠《あみがさ》を被って永田町の通りに進んだ。

「房吉さん、此処を頼みます。私は半蔵を尾行《つけ》てみます」

「はい……」

房吉は頷いた。

左近は、塗笠を目深《まぶか》に被って片平半蔵を追った。

二

片平半蔵は、赤坂《あかさか》御門を出て溜池沿いの赤坂田町《たまち》に向かった。
左近は、塗笠を目深に被って尾行た。
何処に行く……。
左近は、慎重に片平半蔵を尾行た。
半蔵は、溜池沿いを赤坂田町から桐畑に進んだ。
殺気……。
左近は、微かな殺気を感じた。
だが、殺気は左近に向けられたものではなく、前を行く半蔵に向けられている。
左近は気付いた。
何者かが半蔵を襲おうとしている。
左近がそう思った時、二人の武士が足早に左近を追い抜いて行った。
半蔵を狙っている奴……。

左近は睨んだ。

半蔵は、桐畑を抜けて溜池の馬場に向かった。

二人の武士は続いた。

誘っている……。

半蔵は、二人の武士の尾行に気が付き、溜池の馬場に誘い込もうとしている。

左近は読んだ。


溜池の馬場に人はいなく、風が吹き抜けていた。

片平半蔵は立ち止まり、追って来た武士を振り返った。

「松宮《まつみや》藩の者か……」

半蔵は笑い掛けた。

「黙れ……」

二人の武士は、地を蹴って猛然と半蔵に斬り掛かった。

半蔵は、大きく跳び退《の》いた。

二人の武士は、尚も半蔵に斬り掛かった。

刹那、半蔵は煌めきを放った。

煌めきは飛び、一人の武士の胸に突き刺さった。

武士は、胸に十字手裏剣を受けて棒のように倒れた。

残る武士は怯《ひる》んだ。

半蔵は、残る武士との間合いを一気に詰め、抜き打ちの一刀を放った。

残る武士は、胸元を斬り上げられて血を飛ばし、大きく仰《の》け反《ぞ》り倒れた。

半蔵は、冷笑を浮かべて刀を鞘《さや》に納め、既に息絶えている武士の胸から十字手裏剣を抜き取り、馬場を後にした。

左近は、事の次第を見届け、半蔵を追った。

片平半蔵は、溜池の馬場を出て汐留《しおどめ》川沿いの葵《あおい》坂を進み、愛宕下《あたごした》大名小路に向かった。

左近は、塗笠を目深に被って慎重に尾行た。

半蔵の後ろ姿には、松宮藩の武士を始末した余裕が微かに漂っていた。

信濃《しなの》国松宮藩六万石は、高倉直高《たかくらなおたか》が藩主の小大名だ。

その松宮藩高倉家家中の武士たちが、片平半蔵に襲い掛かって返り討ちに遭った。

半蔵は十字手裏剣を使ったが、持ち去った。そこには、何処《どこ》の忍びの者かを隠す意図があるのだ。

御側衆堀田京之介は、松宮藩高倉家と敵対しているのかもしれない。

左近は読んだ。

片平半蔵は、愛宕下大名小路に進んだ。そして、或る大名屋敷を窺いながら表門前を通り過ぎた。

左近は尾行た。

片平半蔵は、窺った大名屋敷の斜向《はす》かいにある柳生《やぎゅう》藩江戸上屋敷に入った。

左近は見届けた。

柳生藩江戸上屋敷に入ったという事は、片平半蔵は裏柳生《やぎゅう》の忍びの者なのかもしれない。

左近は読んだ。

裏柳生とは、柳生藩藩祖宗矩《むねのり》が公儀総目付《そうめつけ》の頃、隠密裏《り》に仕事をする為に作られた忍びの組織だ。

左近は、通り掛かった中間《ちゅうげん》に半蔵が窺った大名屋敷が何処の藩のものか尋ねた。

「ああ。あそこは、信濃国松宮藩の江戸上屋敷ですよ」

中間は教えてくれた。

左近は、大名屋敷が溜池の馬場で殺された二人の武士が仕える松宮藩の江戸上屋敷だと知った。

おそらく、片平半蔵は御側衆堀田京之介の命を受け、松宮藩を調べているのだ。

左近は睨んだ。

御側衆堀田京之介は、半蔵に松宮藩の何を秘かに調べさせているのか……。

左近は眉をひそめた。

四半刻《しはんとき》(三十分)が過ぎた。

柳生藩江戸上屋敷の潜り戸が開き、片平半蔵が出て来た。

左近は見守った。

半蔵は辺りを鋭く見廻して編笠を被って、来た道を戻り始めた。

左近は見守った。

半蔵は、松宮藩江戸上屋敷を一瞥《いちべつ》して通り過ぎた。

左近は尾行た。

片平半蔵は、堀田屋敷に戻った。

房吉は、山王大権現社の鳥居の陰から見守った。

「堀田屋敷に変わりはないようですね」

左近が追って現れた。

「ええ。そっちは如何《いかが》でした……」

「片平半蔵、信濃国松宮藩の家来を二人、溜池の馬場で斃《たお》しましたよ……」

左近は、片平半蔵が信濃国松宮藩と敵対し、柳生藩と拘《かか》わりがあるのを房吉に報せた。

「片平半蔵、堀田京之介の指図で動いているんですかね」

房吉は眉をひそめた。

「きっと……」

左近は頷いた。

「京之介の野郎、松宮藩の弱味でも握り、自分の出世にでも使う魂胆《こんたん》ですかね」

房吉の睨みは鋭かった。

「成《な》る程《ほど》、かもしれません……」

「松宮藩、どんな弱味があるのか……」

「房吉さん、そいつを調べて貰えませんか……」

「松宮藩の弱味ですか……」

「ええ……」

「分かりました。じゃあ……」

房吉は、愛宕下大名小路に向かった。

左近は見送り、堀田屋敷を眺めた。

堀田屋敷の大屋根に忍びの者が現れた。

左近は窺った。

忍びの者は、大屋根に潜んで屋敷の周囲の見張りを始めた。

半蔵配下の忍びの者が結界《けっかい》を張ったのだ。

半蔵は、昼間の松宮藩家来の襲撃を以《もっ》て護りを固めた。

おそらく、今夜はもう動かない……。

左近は見定めた。

神田《かんだ》川の流れに月影は揺れた。

柳原《やなぎわら》通りの柳並木は、吹き抜ける夜風に緑の枝葉を揺らしていた。

左近は、柳原通りから柳森《やなぎもり》稲荷前に入った。

柳森稲荷前の空地の奥には、葦簀《よしず》張りの飲み屋があった。

「邪魔をする」

左近は、葦簀張りの飲み屋に入った。

葦簀張りの飲み屋に客はいなく、蠟燭《ろうそく》の火が揺れていた。

「おう……」

老亭主の嘉平《かへい》が一瞥《いちべつ》した。

「酒を貰おう……」

左近は告げた。

嘉平は頷き、湯呑茶碗に酒を満たして左近に差し出した。

「どうした……」

嘉平は、左近に笑い掛けた。

「片平半蔵、知っているかな……」

左近は、湯呑茶碗の酒を飲んだ。

美味い……。

葦簀張りの屋台には似合わない、上等な酒だった。

「片平半蔵……」

嘉平は訊き返した。

「ああ……」

「裏柳生の半蔵なら知っている……」

嘉平は知っていた。

「何をしているかは……」

「大名の弱味を探しているって噂だぜ」

「大名の弱味か……」

左近は眉をひそめた。

「うん。公儀のお偉いさんの手先になってな」

嘉平は苦笑した。

「公儀のお偉いさんか……」

左近は、御側衆堀田京之介を思い浮かべた。

「ああ……」

「大名の弱味を探して何をするのだ……」

左近は、堀田京之介の狙いが知りたかった。

「金を強請《ゆす》るか、手前の出世栄達の道具にでもするんだろうな」

嘉平は読んだ。

「成る程……」

金を強請るか、出世栄達の道具にするか……。

どちらにしろ、京之介に似合っている。

左近は、嘉平の読みに頷いた。

「して、嘉平の父っつあん、近頃、動き始めた忍びの噂、聞かないかな……」

左近は訊いた。

「聞いたよ」

「何処の忍びだ……」

「黒脛巾《くろはばき》組だ……」

「黒脛巾組……」

左近は、戸惑いを浮かべた。

「ああ。仙台《せんだい》は伊達《だて》家の忍びだ」

「伊達の忍び……」

左近は知った。

「ああ。江戸に来ているそうだ。何しに来たかは未だだがな……」

嘉平は告げた。

仙台藩伊達家は、愛宕下大名小路の柳生藩江戸上屋敷の隣に江戸中屋敷があり、近くの芝口《しばぐち》三丁目に江戸上屋敷を構えている。

その伊達家忍びの黒脛巾組が、秘かに江戸に来ているのだ。

此度《こたび》の一件と拘わりがあるのか……。

左近は、微かな緊張を覚えた。

「父っつあん、その黒脛巾組の噂、集めてくれるか……」

左近は頼んだ。

「いいとも……」

嘉平は、小さな笑みを浮かべた。

「じゃあ……」

左近は、湯呑茶碗の酒を飲み干し、一分銀を置いた。

「釣り、ないぜ……」

嘉平は告げた。

「次の飲み代の前払いだ……」

左近は、葦簀張りの飲み屋から出て行った。

蠟燭の火は瞬《また》いた。


芝口南の宇田川町《うだがわちょう》は愛宕下大名小路に近く、裏通りにある居酒屋『升屋《ます》』は息抜きの大名家の中間小者《こもの》たちで賑わっていた。

房吉は、伝手《つて》を頼って居酒屋『升屋』に大名小路の大名家の中間小者が集まるのを突き止めた。

「邪魔するぜ」

房吉は、賑わう店内の隅に座り、若い衆に酒を注文した。

店内には、屋敷を脱け出してきた大名家の中間小者たちが酒を楽しんでいた。

「随分と賑わっているね」

房吉は、隣で酒を飲んでいる中年の小者に声を掛けた。

「ああ。煩《うる》せえ屋敷を脱け出しての息抜きだからな……」

中年の小者は笑い、酒を飲んだ。

「お前さんも大名屋敷のお人かい……」

「ああ……」

中年の小者は、頷くだけで何処の藩の者かは云わなかった。

「そうか。俺の知り合いにも信濃の松宮藩の江戸上屋敷に下男《げなん》奉公している奴がいてね」

房吉は、餌を撒いた。

「松宮藩か……」

中年の小者は、意味ありげな笑みを浮かべた。

何かを知っている……。

房吉は睨んだ。

「ま、一杯……」

房吉は、中年の小者に酌をした。

「こいつは済まねえな……」

中年の小者は、嬉しげに酒を啜《すす》った。

「知り合い、松宮藩の御屋敷が近頃、やたら厳しくなったってぼやいていたぜ」

嘘も方便《ほうべん》だ……。

房吉は、鎌を掛けた。

「ああ。松宮藩、いろいろ悪い噂があるそうだぜ……」

「悪い噂……」

房吉は眉をひそめた。

「ああ。詳しくは知らねえが、それで御公儀に目を付けられてな。家中を厳しく取り締まっているって話だぜ」

「悪い噂ねえ……」

「ま、多少の悪い噂は何処の大名家にもあるだろうが、御公儀に目を付けられるとなると、こいつは大変だぜ」

中年の小者は苦笑し、酒を飲んだ。

信濃国松宮藩の悪い噂とは何か……。

御側衆堀田京之介は、その松宮藩の悪い噂の真偽を突き止めて弱味とし、何かを企んでいるのだ。

房吉は読んだ。

居酒屋『升屋』は、酒の匂いと笑い声に満ち溢れた。

行燈《あんどん》の火は瞬いた。

「そうですか。堀田京之介、信濃国は松宮藩と揉めているのですか……」

彦兵衛は眉をひそめた。

「ええ。京之介、裏柳生の忍びを使い、松宮藩の弱味を握り、御側衆からの出世栄達を企《くわだ》てているのでしょう」

左近は読んだ。

「裏柳生の忍びですか……」

「ええ。堀田京之介、非情で油断のならぬ狡猾な奴です」

左近は苦笑した。

「京之介、私がちょいと訊き廻った限りでは、文武に優れ、かなりの切れ者とか。そんな奴が生半可《なまはんか》に公儀のお偉いさんになったら迷惑なだけですな……」

彦兵衛は眉をひそめた。

「何《いず》れにしろ、角菱屋の勘三郎旦那、下手な真似はしない方が良いでしょう」

左近は、厳しい面持ちで告げた。

「ならば、貸した五十両、諦めるしかありませんか……」

彦兵衛は、吐息を洩《も》らした。

「ええ。定法《じょうほう》通りに返してもらうのは……」

左近は苦笑した。

「じゃあ……」

彦兵衛は、緊張を滲ませた。

「奪い取る迄……」

左近は、不敵な笑みを浮かべた。


日吉山王大権現社は、夜の闇と静寂に覆われていた。

忍び姿の左近は、堀田屋敷を眺めた。

堀田屋敷には、柳生忍びの結界が張られていた。

結界を破って屋敷に忍び込み、五十両の金を奪い取る……。

左近は、堀田屋敷を窺いながら忍び込む手立てを考えた。

堀田屋敷の結界が微かに揺れた。

どうした……。

左近は、怪訝《けげん》に堀田屋敷を見詰めた。

結界が破られている。

今だ……。

左近は、山王大権現社を出て堀田屋敷の横手の土塀に跳んだ。
土塀の上に潜んだ左近は、堀田屋敷内を窺った。
堀田屋敷の庭の奥で殺気が激しく揺れ、血の臭いが微かに漂っていた。
忍びの者同士の闘い……。
左近は、土塀を下りて暗がり伝《づた》いに奥の庭に走った。

庭の奥の暗がりでは、柳生忍びが得体の知れぬ忍びの者たちと殺し合っていた。
何処の忍びだ……。
左近は、物陰に潜んで得体の知れぬ忍びの者の素性《すじよう》を見定めようとした。
仙台藩伊達家の黒脛巾組か……。
左近は、忍びの口入屋《くちいれや》の嘉平に聞いた話を思い出した。
片平半蔵たち柳生忍びは、黒脛巾組と思われる忍びと殺し合っているのだ。
何故だ……。
左近は、僅かに困惑した。
まあ良い……。
今は迷っている時ではないのだ。

左近は、堀田屋敷を窺った。

柳生忍びたちは、庭の奥に駆け付けて屋敷の警戒は手薄になっている。

今の内だ……。

左近は、奥御殿に素早く忍び込んだ。

奥御殿は、庭の奥での忍びの者の殺し合いをよそに静寂に満ちていた。

左近は、宿直《とのい》の家来たちの固めている座敷を堀田京之介の寝間と睨み、傍の暗い部屋に忍び込んだ。

暗い部屋に人気《ひとけ》はなかった。

左近は見定め、部屋の隅の長押《なげし》に跳び、天井板を押し開けた。

天井裏は暗く、鳴子《なるこ》が張り巡らされて撒《ま》き菱《びし》が撒かれていた。

柳生忍びの片平半蔵の警戒だ。

左近は薄く笑い、天井裏の梁《はり》に上がった。

そして、撒き菱を取り除き、鳴子を掻い潜って京之介の寝間に慎重に進んだ。

寝息が聞こえた。

左近は、梁から身を乗り出して下の部屋の天井板を僅かにずらし、覗《のぞ》いた。

有明行燈《ありあけ》の灯《とも》された部屋では、京之介が寝息を立てて眠っていた。

此処だ……。

左近は見定め、天井裏から跳び下りた。


京之介は、寝息を立てていた。

左近は、京之介の寝息が一定の拍子で続いているのを見定めた。

眠っている……。

忍びの者が、己の為に殺し合っているにも拘わらず、眠り込んでいるのだ。

左近は、腹立たしさを覚え、京之介の首に赤い糸を巻いた。そして、戸棚に寄り、手文庫《てぶんこ》の蓋を開けた。

手文庫の中には、幾つかの切《き》り餅《もち》が納められていた。

左近は、切り餅を二つ取って、手文庫の蓋を閉めて天井に跳んだ。

京之介の寝息は変わらなかった。

左近は、天井裏に消えた。

有明行燈の明かりは、首に赤い糸を巻いて眠る京之介を仄《ほの》かに照らし続けた。

三

左近は、奥御殿を出た。

庭の奥では、片平半蔵たち柳生忍びと、伊達家黒脛巾組と思われる忍びの者たちの殺し合いが続いていた。

よし……。

左近は、殺気の渦巻く殺し合いの中に煙玉を投げ込んだ。

忍びの者たちは戸惑った。

煙玉は、白煙を噴き上げた。

忍びの者たちは散った。

得体の知れぬ忍びの者たちは、堀田屋敷の土塀を越えて夜の闇に走った。

左近は、土塀の暗がりを出て得体の知れぬ忍びの者たちに続いた。

得体の知れぬ忍びの者は、永田町から赤坂御門を抜け、溜池沿いを愛宕下に向かった。

左近は、得体の知れぬ忍びの者の最後尾に付き、息を合わせて走った。

得体の知れぬ忍びの者が、仙台藩伊達家の黒脛巾組なら愛宕下大名小路にある仙台藩江戸中屋敷に入るのかもしれない。

左近は読み、息を合わせて走った。

得体の知れぬ忍びの者は、溜池沿いから汐見《しおみ》坂を駆け抜け、愛宕山の愛宕神社裏の寺町に進んだ。

大名小路の仙台藩江戸中屋敷には行かぬ……。

左近は戸惑った。

得体の知れぬ忍びの者たちは、愛宕神社裏に連なる寺の通りを走り、神谷町《かみやちょう》にある寺の境内に駆け込んだ。

寺……。

左近は、素早く隠れた。

得体の知れぬ忍びの者たちは寺に駆け込み、追って来る者がいないのを見定めて山門を閉めた。

左近は山門の屋根に跳び、得体の知れぬ忍びの者の行き先を見守った。

得体の知れぬ忍びの者たちは、寺の境内の奥にある宿坊《しゅくぼう》に入って行った。

左近は見届け、山門に掲げられている扁額《へんがく》を読んだ。

光泉寺《こうせんじ》……。

左近は、得体の知れぬ忍びの者が光泉寺に潜んでいるのを知った。

光泉寺は雑木林に囲まれ、月明かりに蒼白《あおじろ》く輝いていた。


切り餅二つ五十両……。

左近は、二つの切り餅を彦兵衛に差し出した。

「角菱屋の勘三郎旦那が貸した五十両、京之介の寝間から貰って来ましたか……」

彦兵衛は苦笑した。

「ええ。此《これ》で水野京之介に貸した五十両の事は忘れろと、勘三郎の旦那に伝えるんですね」

「承知しました。確かに……」

彦兵衛は、二つの切り餅を仕舞い、左近に徳利を差し出した。

左近は、彦兵衛の酌を受けた。

「で、片平半蔵、どうでした……」

彦兵衛は、手酌で己の猪口《ちょこ》を満たした。

「得体の知れぬ忍びが忍び込んでいましてね。片平半蔵たちが迎え撃ち、殺し合っていましたよ」

左近は、酒を飲みながら淡々と告げた。

「得体の知れぬ忍びと殺し合い……」

彦兵衛は眉をひそめた。

「ええ。お陰で容易《たやす》く事が運びましたよ」

左近は苦笑した。

「そいつは良かった。それにしても、得体の知れぬ忍びとは……」

彦兵衛は、左近を見詰めた。

「ひょっとしたら、仙台藩は伊達家の黒脛巾組かもしれません」

「仙台藩の伊達家……」

彦兵衛は驚いた。

「ええ……」

左近は頷いた。

「左近さん、此度の一件、仙台藩も絡んでいるのですか……」

彦兵衛は、緊張を滲ませた。

「そこ迄は未だ分かりませんが、伊達家の黒脛巾組の忍びの者が江戸に来ているのは間違いないかと……」

左近は告げた。

「そうですか。ま、何れにしろ、巴屋が受けた呉服屋角菱屋の勘三郎旦那の相談は、此でお仕舞いです。ご苦労さまでした」

彦兵衛は、左近を労《ねぎら》った。

「はい……」

左近は頷いた。

「で、左近さん、此からどうするんですか……」

彦兵衛は、酒を飲みながら左近に探る眼を向けた。

「旦那……」

左近は苦笑した。

「如何《いか》に勘三郎の旦那の件を始末したとしても、肝心の堀田京之介を野放しにしておく限り、泣きをみる者はまだまだ現れますか……」

彦兵衛は読んだ。

「おそらく……」

左近は頷いた。

「で、堀田京之介が松宮藩を相手に何を企てているのか突き止め、事と次第によっては闇に葬る……」

彦兵衛は、左近の腹の内を読んだ。

「ええ。御側衆堀田京之介と松宮藩。それに柳生藩と仙台藩。いろいろ面白そうです」

左近は、不敵な笑みを浮かべた。


赤い糸は一尺五寸程の長さだった。

「此《こ》の赤い糸が殿の首に……」

片平半蔵は眉をひそめた。

「うむ。昨夜、寝ている間に何者かが巻き付けていったようだ」

堀田京之介は、怒りを露《あら》わにした。

「して、他にお怪我は……」

「ない……」

京之介は、己の身ばかりを気にし、手文庫の中の切り餅が奪われたのに気が付いてはいなかった。

「そうですか……」

「半蔵、此の赤い糸を何と見る……」

京之介は、苛立《いらだ》ちを浮かべた。

「いつでも殺せる……」

半蔵は、京之介を見据えた。

「何……」

京之介は驚いた。

「赤い糸を首に巻いたのは、いつでも殺せるという脅しです」

半蔵は告げた。

「おのれ。誰だ、そんな真似をしたのは。昨夜、襲って来た忍びの者共《ものども》か……」

「いえ。昨夜、襲って来た忍びならそのような面倒な真似をせず、一思いに殺す筈です」

半蔵は読んだ。

「ならば、半蔵……」

京之介は、微かな怯えを過《よ》ぎらせた。

「殿。此度の松宮藩の一件。昨夜、襲って来た忍びの者共の他にも、何者かが秘かに動いているものかと……」

半蔵は、厳しい面持ちで告げた。

「何者かが秘かに動いている……」

京之介は、微かな恐怖を感じた。

「はい。殿の首に赤い糸を巻き、我らと得体の知れぬ忍びの者共との闘いを見て……」

半蔵は、何事かに気が付いた。

「どうした……」

「はい。我らと得体の知れぬ忍びの闘いに煙玉を投げ込んだ者がおりまして……」

「その者が俺の首に赤い糸を巻き、秘かに動いている者だと申すのか……」

「おそらく……」

半蔵は頷いた。
「おのれ、何者なのだ……」
京之介は、怒りと恐怖を複雑に交錯させた。
神谷町の光泉寺の境内には、僧侶たちが本堂で読む経が響いていた。
堀田屋敷に襲い掛かった忍びの者たちは何者なのか……。
左近は、光泉寺を窺った。
四半刻が過ぎ、僧侶たちの経は終わった。
光泉寺から托鉢《たくはつ》坊主の一行が出て来た。
忍び……。
左近は、托鉢坊主の一行を得体の知れぬ忍びの者だと睨んだ。
托鉢坊主の一行は、神谷町から溜池に向かった。
左近は追った。

愛宕下大名小路は、既に大名たちの登城の時も過ぎ、静寂に満ちていた。
房吉は、或る大名屋敷の中間頭に金を握らせて中間部屋に潜り込み、松宮藩江戸上屋敷を窺った。

松宮藩江戸上屋敷の斜向かいには柳生藩江戸上屋敷があり、近くには仙台藩江戸中屋敷などがある。

房吉は、大名屋敷の門前の掃除などをしながら松宮藩や柳生藩の江戸上屋敷を窺った。

松宮藩江戸上屋敷は、表門を閉じて警戒を厳重にしていた。

柳生藩江戸上屋敷は、中間小者が表門前の掃除や片付けなどをしていた。

掃除や片付けなどをしながら松宮藩江戸上屋敷を窺い、見張っている……。

房吉は睨んだ。

僅かな刻《とき》が過ぎた。

松宮藩江戸上屋敷から家来たちが現れ、それとなく柳生藩江戸上屋敷を警戒し始めた。

どうした……。

房吉は、不審を抱いて松宮藩江戸上屋敷の裏門に廻った。

松宮藩江戸上屋敷の裏門が開き、荷箱を積んだ大八車が出て来た。

荷箱を積んだ大八車は、数人の家来たちに護られて外濠に急いだ。

松宮藩は、荷箱を積んだ大八車の事を柳生藩から隠そうとしている……。

房吉は読み、荷箱を積んだ大八車を追った。

愛宕下大名小路の北には江戸城があり、溜池から続く外濠には幸《さいわい》橋御門が架かっており、久保丁原《くぼちょうはら》や明地があった。

荷箱を積んだ大八車は、家来たちに護られて久保丁原にやって来た。

溜池沿いの道から托鉢坊主一行が現れ、荷箱を積んだ大八車の背後に付いた。

何だ……。

房吉は戸惑った。

荷箱を積んだ大八車は、久保丁原から汐留川沿いの道に進んだ。

托鉢坊主一行は続いた。

房吉は、戸惑いながら追った。

「松宮藩の荷ですか……」

塗笠を目深に被った左近が、背後から房吉に並んだ。

「はい。裏門から運び出しました。托鉢坊主ですか……」

「ええ。未だはっきりはしませんが、仙台藩伊達家の忍びかと思われます」

左近は囁いた。

「伊達家の忍び……」

「黒脛巾組です……」

「黒脛巾組。じゃあ、松宮藩は仙台藩と通じているのですか……」

房吉は眉をひそめた。

「おそらく……」

左近は頷いた。

木箱を積んだ大八車一行と托鉢坊主たちは、汐留川と三十間堀《さんじっけんぼり》の合流地に架かる汐留橋を渡り、豊前《ぶぜん》国中津《なかつ》藩江戸上屋敷の脇の道を築地に進んだ。

托鉢坊主の一行は、周囲を警戒しながら荷箱を積んだ大八車を護り、堀割に架かる仙台橋を渡って大名屋敷に進んだ。

荷箱を積んだ大八車は、大名屋敷の裏門から屋敷内に入った。

托鉢坊主一行は続いた。

左近と房吉は見届けた。

「何処の大名の屋敷か訊いて来ます」

房吉は告げた。

「私は荷箱の中身を見定めます」

左近は、駆け去って行く房吉を見送り、大名屋敷の土塀に跳んだ。

左近は、大名屋敷の横の土塀の上から土蔵の屋根に大きく跳んだ。そして、土蔵の屋根上から屋敷内を見下ろした。

土蔵前の内塀の中の表御殿の庭には、托鉢坊主たちに護られ、家来と人足たちが大八車から荷箱を降ろしていた。

左近は、己の気配を消して見守った。

大名屋敷の武士たちは、荷箱の中から出された玻璃《はり》の壺や大皿などを検《あらた》めていた。

抜け荷か……。

左近は眉をひそめた。

松宮藩江戸上屋敷から運ばれた木箱には、南蛮《なんばん》や唐天竺《からてんじく》からの抜け荷の品物が入っているのかもしれない。

堀田京之介は、松宮藩の抜け荷を弱味として握ろうとしているのか……。

左近は読んだ。

左近は、土蔵の屋根を下りて大名屋敷の裏門の外に出た。

房吉が戻っていた。

「分かりましたか……」

左近は訊いた。

「ええ。山城国《やましろ》は淀《よど》藩の江戸中屋敷でした」

房吉は、大名屋敷が山城国淀藩の江戸中屋敷だと突き止めて来ていた。

「淀藩ですか……」

「ええ。で、荷箱の中身は……」

「玻璃の壺や大皿などでした」

「ひょっとしたら、抜け荷の品ですか……」

房吉は眉をひそめた。

「さあ。それは未だ何とも……」

左近は苦笑した。

「それにしても、松宮藩は山に囲まれた信濃国、南蛮や唐天竺からの抜け荷ってのは、どうなんですかね……」

房吉は首を捻った。

「そうですね……」

左近は、房吉の読みに頷いた。

堀田京之介は、抜け荷ではない事を抜け荷に捏造《ねつぞう》して松宮藩に難癖を付けようとしているのかもしれない。

だが、松宮藩が仙台藩伊達家と通じているなら話は別だ。

仙台藩伊達家は、藩祖政宗以来、南蛮のイスパニアと拘わりがあり、昔から抜け荷の噂の絶えない藩だ。

松宮藩には、仙台藩の抜け荷の江戸での密売所としての役目があるのかもしれない。

繋《つな》ぐのは黒脛巾組か……。

左近は読んだ。

「で、どうします」

房吉は、左近の出方を窺った。

「房吉さん、角菱屋の勘三郎旦那の件は片付きました」

「そいつは、旦那に聞きましたよ」

「そうですか。ならば後は、私の勝手な真似です……」

「承知の上です」

房吉は笑った。

「じゃあ……」

「で、あっしは何をします……」

房吉は、左近の指示を仰いだ。

「ならば、先《ま》ずは此処から離れましょう」

左近は、房吉を促して淀藩江戸中屋敷の表門に廻った。


淀藩江戸中屋敷の裏から、荷箱を降ろした大八車を引いた人足と松宮藩の家来たちが現れ、来た道を戻り始めた。

「おそらく松宮藩の上屋敷に戻るのでしょう。見届けて下さい」

「左近さんは……」

「托鉢坊主たちを追います」

「分かりました。じゃあ……」

房吉は、大八車の一行を追った。

淀藩江戸中屋敷の裏門から托鉢坊主たちが出て来た。

来た……。

左近は、塗笠を目深に被った。

托鉢坊主の一行は、やはり来た道を戻り始めた。

左近は追った。


堀田屋敷を襲った忍びは、何処の者共なのか……。

編笠を被った片平半蔵は、柳原通りから柳森稲荷に入った。

柳森稲荷の鳥居前の空地には、七味唐辛子売り、古道具屋、古着屋などが並び、参拝帰りの客がいた。

半蔵は編笠を取り、奥にある葦簀張りの飲み屋に入った。

「邪魔をする……」

半蔵は、日雇い仕事に溢《あぶ》れた人足たちの相手をしていた老亭主の嘉平に声を掛けた。

「いらっしゃい……」

嘉平は、半蔵の前に来て湯呑茶碗を置いて安酒を満たした。

「どうしたい……」

嘉平は、半蔵を見詰めた。

「近頃、江戸に現れた忍びの者共、知っているかな……」

半蔵は、湯呑茶碗に注がれた安酒を飲んだ。

「ああ。奴らがどうかしたのか……」

「不意に現れた……」

半蔵は、悔しげに告げた。

「そうか……」

嘉平は、半蔵たち柳生忍びが攻め込まれて苦戦したと睨み、苦笑した。

「何処の忍びだ……」

「おそらく黒脛巾組だろう……」

嘉平は告げた。

「黒脛巾組……」

半蔵は眉をひそめた。

「ああ。近頃、仙台から来たって噂だ」

嘉平は、半蔵を見詰めた。

「仙台。ならば伊達家の忍びか……」

「ああ。仙台藩伊達家の忍び、黒脛巾組だ……」

「伊達家の黒脛巾組……」

半蔵は、思わぬ忍びの者共の出現に戸惑いながらも、松宮藩が仙台藩と通じているのを知った。

「ああ……」

嘉平は頷いた。

「そうか。ならば、黒脛巾組以外の忍びで動いている者を知らぬか……」

半蔵は、京之介の首に赤い糸を巻き、煙玉を投げ込んだ忍びの者が知りたかった。

「さあな……」

左近の事を訊いている……。

嘉平は惚《とぼ》けた。

「知らぬか……」

半蔵は訊いた。

「ああ。知らねえな……」

嘉平は苦笑した。

「そうか……」

半蔵は、吐息を洩らした。

仕事に溢れた日雇い人足たちが、安酒を飲みながら楽しげに笑った。

四

永田町の堀田屋敷は、柳生忍びの結界が張り巡らされていた。

片平半蔵は、最小限の結界を厳しく張り直したのだ。

そして、堀田京之介の登下城の供侍にも柳生の忍びの者を増やし、警護を厳重にした。

托鉢坊主の一行は、永田町の通りを来て山王大権現社の雑木林に散った。

左近は見届け、斜向かいの旗本屋敷の屋根に忍んで見守った。

仙台藩伊達家の黒脛巾組と思われる忍びの者たちは、堀田屋敷の隣の山王大権現社や背後の溜池に忍び、襲撃の時を窺っているのだ。

襲撃は京之介の下城の時なのか……。

左近は読んだ。

刻が過ぎた。

編笠を被った武士が、永田町の通りをやって来た。

片平半蔵……。

左近は、編笠を被った武士の身体付きや足取りを見て読んだ。

半蔵は、堀田屋敷の結界に異変がなく、周囲に不審がないのを見定め、表門脇の潜り戸を入った。

片平半蔵は、京之介の供をせず何処に行って来たのか……。

そして、堀田屋敷を襲撃したのが、仙台藩伊達家の黒脛巾組だと知っているのか……。

左近は、半蔵が入った堀田屋敷を見守った。

大名旗本の屋敷の連なる永田町は、人通りも少なく静寂に満ち溢れていた。

愛宕下大名小路にある松宮藩江戸上屋敷は、空になった大八車を引いた人足と家来たちが戻り、裏門を閉めた。
房吉は見届けた。
僅かな刻が過ぎ、裏門が開いた。
房吉は、緊張を滲ませた。
饅頭笠《まんじゆうがさ》を被った托鉢坊主が、錫杖《しやくじよう》を突きながら裏門から現れた。
仙台藩の黒脛巾組の者か……。
饅頭笠を被った托鉢坊主は、裏通りを進んで溜池に向かった。
よし……。
房吉は、緊張を滲ませて慎重な尾行を開始した。

若い武士が永田町の通りを足早に来て、堀田屋敷の潜り戸を叩いた。
潜り戸が開き、番士が顔を見せた。
若い武士は何事かを告げ、来た道を再び足早に戻って行った。
堀田屋敷に張られた結界が厳しくなり、表門が開かれた。
若い武士は、京之介の下城を報せる先触《さきぶ》れだ。
左近は睨み、永田町の通りを眺めた。

武家駕籠一行がやって来た。

御側衆の堀田京之介の一行だ……。

左近は見定めた。

黒脛巾組はどうする……。

左近は見守った。

京之介の乗った武家駕籠の一行は、山王大権現社に差し掛かった。

堀田屋敷の結界が激しく揺れた。

左近は、堀田屋敷を窺った。

堀田屋敷の奥に殺気が湧いた。

溜池に忍んでいた黒脛巾組の忍びは、堀田屋敷に侵入したのだ。

堀田屋敷の柳生忍びは奥に走り、結界は激しく揺れて破れた。

刹那、京之介の乗った武家駕籠の脇を固めていた武士たちが手裏剣を受けて倒れた。

山王大権現社から忍び姿の黒脛巾組が現れ、京之介の乗った武家駕籠一行に襲い掛かった。

堀田屋敷から半蔵たち柳生忍びが現れ、黒脛巾組の忍びの者を迎え撃った。

結界を張っていた柳生忍びの殆《ほと》んどは、庭の奥に現れた黒脛巾組との闘いに駆け付け、表門の護りは手薄になっていた。

半蔵は焦った。

「殿の駕籠を早く屋敷に……」

半蔵は怒鳴り、黒脛巾組の忍びの者たちの前に立ちはだかった。

左近は見守った。

柳生忍びと黒脛巾組は殺し合った。

黒脛巾組の忍びの者が、武家駕籠に迫って管槍《くだやり》を伸ばして突き刺した。

堀田京之介は、武家駕籠の反対側に転がり出た。

「半蔵……」

京之介は、恐怖に声を震わせた。

「殿……」

半蔵は、京之介に駆け寄ろうとした。

黒脛巾組の忍びの者たちは、半蔵に間断《かんだん》なく襲い掛った。

半蔵の腕が斬られ、血が飛んだ。

京之介は、転びながらも堀田屋敷の表門に必死に走った。

刹那、錫杖が飛来し、京之介の背に突き刺さり、胸を貫いて地面に突き立った。

京之介は、錫杖で地面に縫い付けられて凍て付いた。

左近は、真向かいの旗本屋敷の表門の屋根にいる托鉢坊主に気が付いた。

「と、殿……」

半蔵は、激しく狼狽《うろた》えた。

黒脛巾組の忍びの者たちは、狼狽えた半蔵を容赦なく斬った。

半蔵は、血塗《まみ》れになって倒れた。

「お、おのれ……」

京之介は、悔しさと共に血を吐き出し、錫杖で貫かれたまま横倒しに斃《たお》れた。

托鉢坊主が指笛を短く鳴らし、真向かいの旗本屋敷の表門から大きく跳んだ。

黒脛巾組の忍びの者は、一斉に散って引き上げた。

堀田家の家来たちが現れ、京之介の死体を屋敷内に担ぎ込み、表門を閉めた。

そして、生き残った柳生忍びたちは、血に塗れて倒れていた片平半蔵や仲間の死体を何処かに運び去った。

僅かな刻の出来事だった。

山王大権現社と堀田屋敷の前は、何事もなかったかのような静けさに戻った。

左近は、斜向かいの旗本屋敷の屋根から跳び下りた。

「左近さん……」

房吉の引き攣《つ》った声がした。

左近は、房吉の声がした背後の旗本屋敷の路地を見た。

房吉は、忍びの者同士の凄まじい殺し合いを見て青ざめ、路地に蹲《うずくま》っていた。

「大丈夫ですか……」

左近は笑い掛けた。

「はい……」

房吉は、路地から出て来た。

「来ていたのですか……」

「ええ。堀田京之介を錫杖で串刺しにした托鉢坊主を追って……」

房吉は、声を微かに震わせた。

「奴は何処から……」

「松宮藩の江戸上屋敷からです」

「そうでしたか。奴は黒脛巾組の頭のようです。危ないところでした」

黒脛巾組の頭は、堀田京之介の闇討の企てに気を取られ、房吉の殺気のない慎重な尾行に気が付かなかったのかもしれない。

房吉は、小さく身震いをした。

周囲の旗本屋敷から中間や小者が、恐る恐る顔を出し始めた。

「長居は無用……」

左近は、房吉を促して堀田屋敷の前から立ち去った。

狡猾な切れ者と噂の御側衆の堀田京之介は、松宮藩の弱味を握ろうと陰険な策を巡らせて反撃を受け、無惨に滅びた。

片平半蔵たち柳生忍びを道連れにして……。

左近は、黒脛巾組の尾行を警戒し、房吉を伴って鉄砲洲波除稲荷の公事宿『巴屋』の持ち家に向かった。

黒脛巾組の忍びの者が、尾行《つけ》て来る事はなかった。

潮騒《しおさい》は響き、汐風が吹き抜けた。

左近と房吉は、鉄砲洲波除稲荷の境内に帰って来た。

尾行て来る者はいない……。

左近は見定め、波除稲荷の傍の公事宿『巴屋』の持ち家に入った。

「堀田京之介を串刺しにした托鉢坊主、仙台藩の黒脛巾組の奴らなんですか……」

房吉は、安堵《あんど》の吐息混じりに左近に訊いた。

「おそらく……」

左近は頷いた。

「って事は、黒脛巾組は松宮藩の為に京之介を殺したって事ですか……」

「ま、松宮藩というより、やはり仙台藩の為でしょう」

「仙台藩の為……」

房吉は眉をひそめた。

「ええ。堀田京之介が柳生忍びを使って松宮藩の弱味を握り、そいつを追えば仙台藩に辿《たど》り着く。おそらく、仙台藩はそれを恐れて黒脛巾組に先手を打たせせたのかもしれない……」

左近は読んだ。

やはり、松宮藩は仙台藩と通じて秘かに抜け荷の品を売り捌《さば》いていたのかもしれない。

「先手ですか……」

「ええ……」

左近は頷いた。

「それにしても、柳生藩は此のまま大人しく退《ひ》き下がるのですかね」

房吉は首を捻った。

「柳生藩はともかく、裏柳生の忍びの者は黙って退き下がりはしないでしょう」

左近は睨んだ。

「じゃあ……」

「此のままでは、黒脛巾組に翻弄蹂躙《ほんろうじゆうりん》されて堀田京之介を殺された。柳生も落ちた、此迄《これまで》だとの噂が広まるだけです。必ず逆襲するでしょう」

「そうですか。で、左近さんは……」

房吉は、左近の出方を心配した。

「高みの見物です」

左近は笑った。

神田川には行き交う船の明かりが映えた。

柳森稲荷前にある葦簀張りの飲み屋では、食詰《くいつ》め浪人や博奕《ばくち》に負けた渡世人《とせいにん》などが安酒を楽しんでいた。

「邪魔をする……」

左近は、葦簀を潜った。

「やあ……」

亭主の嘉平は迎えた。

「酒を貰おうか……」

「うん……」

嘉平は、湯呑茶碗に酒を満たして左近に差し出した。

「下り酒だ……」

嘉平は囁いた。

左近は、湯呑茶碗に満たされた酒を飲んだ。

「美味い……」

「だろう。で、山王大権現かい……」

嘉平は読み、苦笑した。

「噂、聞いたか……」

「ああ、裏柳生が叩きのめされ、玉《ぎょく》の命を獲られた。裏柳生も地に落ちた。此

嘉平は、江戸で暮らしているはぐれ忍びに仕事を周旋《しゅうせん》し、様々な噂を集めて売ったりしている。

「やったのは黒脛巾組だな」

「ああ……」

嘉平は頷いた。

「頭は……」

左近は尋ねた。

「錫杖を槍のように使う托鉢坊主か……」

「うむ……」

左近は頷いた。

「それなら、黒脛巾組の頭の道鬼《どうき》……」

嘉平は告げた。

「頭の道鬼……」

「ああ……」

「して、裏柳生は……」

「今のところ、目黒《めぐろ》の下屋敷で鳴りを潜めているそうだぜ」

「目黒の柳生藩江戸下屋敷か……」

左近は、黒脛巾組に出し抜かれた裏柳生の忍びが目黒の江戸下屋敷に潜んだのを知った。

「うん。此からだな……」

「うむ……」

左近は眉をひそめた。

「ああ。裏柳生が恨みを晴らすか、黒脛巾組が息の根を止めるか……」

嘉平は苦笑した。

「何れにしろ、此のままでは終わらず、殺し合うか……」

左近は読んだ。

「ああ……」

嘉平は頷いた。

「町の者を巻き込まなければ良いのだが、迷惑な話だ……」

左近は、冷ややかな笑みを浮かべた。

数日後、左近は彦兵衛から手紙を貰い、馬喰町の公事宿『巴屋』に向かった。

公事宿『巴屋』の隣の煙草屋の前では、お春、隠居、妾たちが集まり、お喋りをしながら公事宿『巴屋』に不審な者が訪れるのを警戒していた。

左近は、お春たちに小さく会釈をして公事宿『巴屋』の暖簾を潜った。


「どうぞ……」

おりんは、左近に茶を差し出した。

「戴《いただ》きます……」

左近は、居間で彦兵衛が客の相手を終えて来るのを待ち、茶を啜った。

「聞いたわよ、御側衆の堀田京之介の一件……」

おりんは眉をひそめた。

「そうですか……」

「堀田京之介、切れ者か、借金で伸し上がった成り上がりか。何れにしろ、手柄を焦ったんですかね」

「かもしれぬ……」

堀田京之介は、己の野望に生き急いだのかもしれない。

左近は思った。

「やあ、お待たせしました」

彦兵衛がやって来た。

「いや……」

「おりん、茶を頼む……」

「はい。只今……」

おりんは、台所に立った。

「して、用とは……」

左近は、彦兵衛を見詰めた。

「そいつが左近さん、目黒白金《しろかね》のお百姓が侍の乗った馬に蹴られて足の骨を折りましてね」

「ほう……」

「はい。で、働けなくなり、長患いのおかみさんと子供を抱えて困り果て、馬に乗っていた侍にどうにかしてくれと頼んだら、無礼討ちにすると脅されたそうでしてね。どうにかならないかと、伝手を頼って泣き付いて来ましてね」

「馬に乗っていたのは、どんな侍ですか……」

「そいつが仙台藩江戸下屋敷の侍でしてね」

彦兵衛は、左近を見詰めた。

「仙台藩江戸下屋敷の侍……」

左近は眉をひそめた。

「ええ。それで、お百姓は出来るものなら薬代と見舞いの金を貰ってくれないかと……」

「成る程……」

「で、気の毒になりましてね、出来るだけの事はすると約束しました」

彦兵衛は苦笑した。

「そうですか……」

左近は頷いた。

「ま、お百姓の話に間違いがないか、既に房吉が先乗りして調べています」

「分かりました。ならば、私も行ってみます」

「やってくれますか……」

彦兵衛は微笑んだ。

「ええ……」

左近は頷いた。

「相手は仙台藩の侍。房吉一人じゃあ、手に余るかもしれません。宜しくお願いします」

「はい。薬代と見舞金。必ず払わせてやりますよ」

左近は、不敵に云い放った。

高輪《たかなわ》の大木戸に近付くにつれ、江戸湊の汐の香りが漂い、旅人が多くなった。

左近は、仙台藩江戸下屋敷に向かった。

仙台藩江戸下屋敷は、白金猿町《さるまち》にあった。

その西に目黒不動尊や目黒川があり、柳生藩江戸下屋敷があった。

柳生藩江戸下屋敷には、黒脛巾組に翻弄された裏柳生の忍びの者たちが息を潜めている。

仙台藩江戸下屋敷は、その柳生藩江戸下屋敷の近くにあるのだ。

左近は、高輪大木戸から三田《みた》に入り、二本榎《にほんえのき》から白金猿町に進んだ。

「お侍さま……」

前掛をした小女《こおんな》が、左近を追い掛けて来た。

「何かな……」

左近は振り返った。

「房吉さんって方が……」

小女は、背後の蕎麦《そば》屋を示した。

「そうか。造作《ぞうさ》を掛けたね」

左近は微笑んだ。


房吉は、蕎麦屋の店内の窓辺に座っていた。

「ご苦労さまです……」

房吉は、小女に誘われて来た左近に笑い掛けた。

「やあ。盛り蕎麦を貰おうか……」

左近は、小女に盛り蕎麦を注文して房吉の前に座った。

「待っていましたよ」

「そうですか……」

左近は苦笑した。

「で、仙台藩江戸下屋敷の侍の乗った馬に蹴られて怪我をしたのは、大崎《おおさき》村の甚《じん》吉《きち》さんってお百姓でしてね」

房吉は告げた。

「甚吉さん、足の骨を折ったとか……」

「ええ。で、甚吉さん、長患いのおかみさんと十歳の倅《せがれ》と五歳の娘を抱え、暮らしに困り果てています」

「で、馬に蹴られた処《ところ》は……」

「此の蕎麦屋の前だそうでしてね。甚吉さんが店に野菜を届けて帰るところを、走って来た暴れ馬に蹴られたそうです」

「暴れ馬……」

左近は眉をひそめた。

「ええ。親父さん、ちょいと良いかな……」

房吉は、板場にいた亭主を呼んだ。

「何ですかい……」

「甚吉さんを蹴った馬は、暴れていたんだね」

「ええ。乗っていた侍、馬の首にしがみついて半泣きでしたよ」

蕎麦屋の亭主は嘲笑《ちょうしょう》した。

「そうですか。で、その侍の名前は……」

「お殿さまの一族で伊達小五郎《こごろう》さまとか……」

蕎麦屋の亭主は、腹立たしげに告げた。

「伊達小五郎……」

左近は眉をひそめた。

伊達小五郎は、乗った馬を御《ぎょ》し切れずに暴れさせ、百姓の甚吉に大怪我をさせたのだ。

薬代と見舞金、そして詫びの一札を必ず貰い受ける……。

左近は、冷笑を浮かべた。

第二話　和談金

一

仙台藩江戸下屋敷は西側に寺があり、残る三方を田畑に囲まれていた。

左近は、仙台藩江戸下屋敷を窺った。

仙台藩江戸下屋敷は表門を閉め、出入りする者もいなかった。

左近は、殺気を僅かに放った。

仙台藩江戸下屋敷に結界が揺れた。

やはり、忍びの結界が巧妙に張り巡らされている。

黒脛巾組《くろはばきぐみ》の忍びの者たちは、頭の道鬼と共に仙台藩江戸下屋敷に潜んでいるのだ。それは、目黒の柳生藩江戸下屋敷に対する備えなのかもしれない。

左近は、その場から素早く離れた。

「どうでした……」

房吉は尋ねた。

「睨み通り、黒脛巾組の結界が張られていましたよ」

左近は苦笑した。

「そいつは面倒ですね」

房吉は眉をひそめた。

「ですが、黒脛巾組の頭の道鬼、伊達小五郎のした馬鹿な真似に拘わってくるかどうかは分かりません」

左近は読んだ。

「だったら良いんですがね……」

房吉は、左近を田畑の中の田舎道に誘った。

行く手に古い百姓家《ひやくしようや》が見えた。

「あの家が甚吉さんの家です」

房吉は示した。

古い百姓家の傍の畑では、中年の百姓男が足を引き摺《ず》り、十歳程の男の子と畑仕事をしていた。

甚吉と倅だ……。

左近は知った。

「で、甚吉さん、仙台藩江戸下屋敷の誰が無礼討ちにすると脅したのですか……」

房吉は尋ねた。

「は、はい。それは……」

甚吉は、病の床に就いているおかみさんと二人の子供を気にした。

事は一筋縄《ひとすじなわ》では行かない……。

下手な事を云えば、女房子供にも災いが降り掛かる。

一時は伝手を通じて彦兵衛を頼った甚吉だが、女房子供に災いが及ぶのを恐れているのだ。

「甚吉さん、一件の始末が付く迄、おかみさんと子供を連れて公事宿巴屋の彦兵衛旦那の処《ところ》に行ってもらいます」

左近は告げた。

「えっ……」

甚吉は、戸惑いを浮かべた。

「此処から駕籠で品川《しながわ》に行き、船で浜町堀《はまちょうぼり》迄行けば、公事宿巴屋は直ぐ近くです」

左近は、道筋を告げた。

「そいつが良い。巴屋に行けば彦兵衛の旦那たちもいます。あっしが送りますぜ」

房吉は頷いた。

「で、でも……」

甚吉は戸惑い、迷った。

「お前さん。皆さんの仰《おつしや》る通りに……」

おかみさんは、甚吉を見つめた。

「そうか、分かった。日暮さま、私を脅したのは真山兵庫《まやまひょうご》さまと仰る小五郎さまのお守役《もりやく》のお侍です」

「小五郎の守役の真山兵庫ですね」

左近は念を押した。

「はい。間違いありません」

甚吉は頷いた。

「分かりました。ならば、房吉さん……」

「はい。彦兵衛の旦那の処に人を走らせ、駕籠や船の手配りをします。甚吉さんたちは、荷物を纏《まと》めて下さい」

房吉は命じた。

「は、はい……」

「甚吉さん、何の心配も要りません」

左近は微笑んだ。

「はい。宜しくお願いします」

甚吉たち一家は、左近と房吉に深々と頭を下げた。

「じゃあ、左近さん……」

「はい。甚吉さんたちを頼みます」

左近は、無明刀を手にして立ち上がった。

仙台藩江戸下屋敷は静寂に包まれていた。
左近は眺めた。
浪人と半纏《はんてん》を着た職人風の男が、物陰から仙台藩江戸下屋敷を窺っていた。
裏柳生の忍び……。
左近は睨んだ。
仙台藩江戸下屋敷の潜り戸が開いた。
浪人と半纏を着た男は物陰に潜んだ。
左近は見守った。
饅頭笠を被った二人の托鉢坊主が、仙台藩江戸下屋敷の潜り戸から出て来た。
黒脛巾組か……。
左近は見据えた。
二人の托鉢坊主は、備前岡山《びぜんおかやま》藩江戸下屋敷のある西に向かった。
浪人と半纏を着た男は尾行《つけ》た。
左近は続いた。
岡山藩江戸下屋敷の向こうに柳生藩江戸下屋敷はある。
二人の托鉢坊主は、岡山藩江戸下屋敷を囲む田畑の間の田舎道を進んだ。

左近は、托鉢坊主の一人の身体付きや動きに見覚えがあった。
黒脛巾組の頭の道鬼かもしれない……。
左近は緊張した。
もし、道鬼ならば誘っている……。
左近は気付いた。
次の瞬間、二人の托鉢坊主は饅頭笠を投げ棄てて左右の田畑に跳んだ。
浪人と半纏を着た男は狼狽《うろた》えた。
田畑に跳んだ托鉢坊主の一人は、錫杖《しやくじよう》を投げた。
錫杖は、唸《うな》りを上げて飛んだ。
浪人に躱《かわ》す間はなかった。
錫杖は、石突《いしづき》を煌めかせて浪人の腹を貫いた。
やはり道鬼……。
左近は眼を瞠《みは》った。
浪人は背後に倒れかけた。だが、腹を貫いた錫杖が支えになり、倒れるのを防いだ。
半纏を着た男は、田畑に逃げた。

残る托鉢坊主が追い縋《すが》り、苦無《くない》を煌めかせて襲い掛かった。
血が飛んだ。
道鬼は、冷徹に見守った。
残る托鉢坊主は、血に濡れた苦無を手にして田畑の中に立ち上がった。
道鬼は、浪人の腹を貫いた錫杖を抜いた。
浪人は田舎道に倒れ、土埃《つちぼこり》を舞いあげた。
道鬼と配下の托鉢坊主は、饅頭笠を被って田舎道を柳生藩江戸下屋敷に向かった。
左近は、充分に距離を取って尾行た。
柳生藩江戸下屋敷には、結界が張られていた。
道鬼と配下の托鉢坊主は、柳生藩江戸下屋敷の前に佇《たたず》んだ。
左近は見守った。
柳生藩江戸下屋敷の結界は、微かに揺れた。
道鬼と配下の托鉢坊主は、声を揃えて経を読み始め、踵《きびす》を返した。
経で嘲笑《あざわら》っている。

左近は読んだ。

裏柳生の忍びの結界は激しく揺れた。

だが、嘲りの経を読みながら立ち去って行く道鬼と配下の托鉢坊主を追って現れる事はなかった。

裏柳生の忍びは、道鬼たち黒脛巾組に位《くらい》負けをしている。

左近は苦笑し、道鬼と配下の托鉢坊主を追った。

道鬼と配下の托鉢坊主は、仙台藩江戸下屋敷に戻った。

左近は見届けた。

陽は西に大きく傾き始めた。


房吉のやる事は素早かった。

甚吉一家を駕籠で品川に運び、雇った荷船で江戸湊の袖《そで》ケ《が》浦《うら》を抜けて大川《おおかわ》に向かった。そして、大川の三ツ俣《みつまた》から浜町堀に進んだ。

房吉に抜かりはなく、甚吉一家はいつの間にか大崎《おおさき》村から消えた。

此《これ》で良い……。

左近は、月明かりに甍《いらか》を蒼白く輝かせる仙台藩江戸下屋敷を見詰めた。

翌日、房吉が戻って来た。

「ご苦労さまでした」

左近は労った。

「甚吉さん一家は、彦兵衛の旦那やおりんさんに迎えられて、安堵していましたよ」

房吉は笑った。

「そいつは良かった」

左近は頷いた。

此で甚吉一家を心配せず、心置きなく伊達小五郎や守役の真山兵庫と交渉が出来る。

「では、行って来ます」

左近は、不敵な笑みを浮かべた。

「お気を付けて……」

房吉は、小さく会釈をした。

伊達小五郎と真山兵庫が、こっちの要求に素直に応じない限り、房吉の存在を教える必要はない。

交渉相手は、江戸の公事宿『巴屋』の出入物吟味人日暮左近なのだ。


仙台藩江戸下屋敷は、張り巡らせている結界を巧妙に隠していた。

左近は苦笑し、閉められた表門脇の潜り戸を叩いた。

「何方《どなた》ですか……」

潜り戸の覗き窓から門番が顔を見せた。

「拙者は公事宿巴屋の出入物吟味人、日暮左近。伊達小五郎どのの不始末の事で目通り願いたい。もし、目通りが叶わぬとならば、御公儀大目付《おおめつけ》や評定所に訴え出る事となる。そうお取次ぎ下さい」

左近は、厳しい面持ちで告げた。

「は、はい。少々、お待ち下され」

門番は、覗き窓を閉めた。

おそらく、逢うとしても伊達小五郎ではなく、守役の真山兵庫だ。

左近は睨んでいた。

刻が過ぎた。

左近は待った。

潜り戸が開き、取次ぎの家来が現れた。

「お待たせ致した。小五郎さまの守役真山兵庫さまがお逢いするそうにございます」

取次ぎの家来は告げた。

「うむ……」

左近は頷いた。

「此方《こちら》に……」

取次ぎの家来は、左近を屋敷内に誘った。

左近は、黒脛巾組の潜んでいる仙台藩江戸下屋敷に入った。

大名屋敷には、仕事をする表《おもて》御殿と主たちの居住する奥《おく》御殿がある。

左近は、表御殿の座敷に通された。

座敷は、冷ややかな気配に満ちていた。

左近は、出された茶を啜りながら表御殿の周囲の様子を窺った。

表御殿の庭や縁の下、屋根の上には忍びの結界が微かに感じられた。だが、結界はあくまでも裏柳生の忍びに対する警戒なのだ。

　左近は苦笑した。

「お待たせ致した……」

　中肉中背の中年の武士がやって来た。

「拙者《せつしゃ》、伊達小五郎さまの守役、真山兵庫だが……」

　真山兵庫は、薄笑いを浮かべて名乗った。

「私は公事宿巴屋出入物吟味人、日暮左近……」

　左近は、僅かに会釈をした。

「して、公事宿の出入物吟味人が何の用ですかな……」

　真山は、左近に探る眼を向けた。

　狡猾で他人を見下した眼……。

　左近は、腹の内で苦笑した。

「此方《こちら》の御屋敷においでになる伊達小五郎さまの愚かな所業《しよぎよう》で、大崎村の百姓甚吉さんが大怪我をして働けなくなり、一家が暮らしに困っている。そこで、此の日暮左近が甚吉さんの名代《みようだい》として請求書を持参致した……」

　左近は、真山に請求書を差し出した。

「請求書……」

　真山は、請求書を手に取った。

「左様。薬代十両と見舞金の二十両、しめて三十両。払っていただきたい……」

　左近は笑い掛けた。

「薬代と見舞金の三十両だと……」

　真山は驚き、左近を厳しく見据えた。

「如何《いか》にも、三十両。小五郎さま、馬にも満足に乗れぬ武士とは思えぬ体《てい》たらく。その愚かな所業の代償としては安いものです」

　左近は、笑みを浮かべて真山を見返した。

「無礼であろう、日暮。金など払えぬ……」

　真山は、左近を睨み付けながら喉を鳴らした。

「真山どの、払えぬと仰るなら、小五郎さまの愚かな所業の顛末《てんまつ》、御公儀大目付や評定所に報せ、江戸の者たちに仙台藩の血も涙もない仕打ちと触れ廻る迄。覚悟するのですな」

　左近は、冷ややかに真山兵庫を一瞥し、無明刀を手にして立ち上がった。

「ひ、日暮どの……」

真山は、事の成行きに青ざめた。

公儀大目付や評定所に報されるのは拙《まず》いが、江戸の町の者たちに仙台藩は血も涙もないと噂されるのも困る。

「真山どの、小五郎さまとよく相談されるのですな……」

左近は云い残し、表御殿の式台《しきだい》に向かった。

「おのれ。誰《たれ》かある……」

真山は怒鳴った。


左近は、式台から前庭に出た。

二人の家来が追って現れ、左近に飛び掛かった。

左近は、家来の一人を蹴り飛ばし、二人目を殴り飛ばした。

二人の家来は、悲鳴をあげて倒れた。

表門の番士や取次ぎの家来たちが駆け付け、左近を取り囲んだ。

黒脛巾組の忍びの結界が揺れた。

来るか……。

左近は、僅かに腰を沈めて無明刀を抜き打ちに構えた。

だが、刀を抜いて斬り掛かって来たのは蹴り飛ばされた家来だった。

左近は、無明刀を無雑作《むぞうさ》に斬り下げた。

鈍い音が僅かに鳴り、斬り掛かった家来の刀が両断されて地面に落ちた。

刀が斬られた……。

家来たちは驚き、怯《ひる》んだ。

黒脛巾組の忍びは動かず、攻撃して来る事はなかった。

左近は、伊達小五郎と守役真山兵庫に拘わっている公事宿の者に過ぎない。そして、小五郎の愚かな所業の為に命を懸ける事もない。

道鬼はそう判断した……。

左近は見定めた。

「此迄だ……」

左近は、表門脇の潜り戸に向かった。

表門の番士や取次ぎの家来は、左近に道を開けた。

左近は、潜り戸から仙台藩江戸下屋敷を後にした。

雉子宮宝等寺《きじみやほうとうじ》は、仙台藩江戸下屋敷の西に隣接している。

左近は、尾行ている者がいないのを見定めて雉子宮宝等寺の境内に入った。

「如何《いかが》でした……」

房吉が待っていた。

「睨み通り、真山兵庫が現れ、薬代や見舞金は払えぬと……」

左近は告げた。

「守役の真山兵庫ですか……」

房吉は眉をひそめた。

「ええ。して、配下の家来を差し向けました」

「それはそれは……」

「だが、黒脛巾組の忍びは結界を張ったまま動かなかった」

「ほう。じゃあ、黒脛巾組はあくまでも仙台藩の為には動くが、伊達小五郎の為には動きませんか……」

房吉は読んだ。

「おそらく……」

左近は頷いた。

「そいつはありがたい。助かった……」

房吉は喜んだ。

伊達小五郎は、仙台藩江戸下屋敷の中でも浮いた存在なのかもしれない。

左近は読んだ。

「左近さん……」

房吉は、雉子宮宝等寺の前を通り過ぎて行く二人の家来を示した。

「真山兵庫の配下です。房吉さんは小五郎と真山の見張りを頼みます」

「承知……」

房吉は頷いた。

左近は、二人の家来を追った。


二人の家来は、田畑の中の田舎道を大崎村に向かっていた。

左近は追った。

二人の家来は、大崎村の甚吉の家に行くのだ。そして、女房子供が可愛ければ、公事宿への頼みを取り下げろと脅すつもりなのだ。

左近は尾行《つけ》た。

二人の家来は、左近の睨み通り甚吉の家を訪れた。

左近は見守った。

二人の家来は、甚吉の家がしっかりと戸締まりがされ、誰もいないのに気が付いた。

「おのれ……」

二人の家来は、苛立ちを露《あら》わにした。

「甚吉さん一家に何用だ……」

左近は、二人の家来に背後から声を掛けた。

二人の家来は振り返り、左近に気が付いて驚いた。

「脅して口を封じるか……」

左近は読んだ。

「だ、黙れ……」

二人の家来は狼狽え、刀を抜き放った。

刀の鋒《きっさき》が小刻みに震えた。

「無駄な真似だ。此以上、甚吉さん一家に手を出せば、容赦はしない」

左近は、二人の家来を厳しく見据えた。

二人の家来は怯え、激しく息を鳴らした。

「死に急ぐか……」

左近は笑い掛けた。

二人の家来は、吐息を洩らして鋒の震える刀を降ろした。

「屋敷に帰り、真山兵庫に甚吉さんの薬代と見舞金、さっさと払うのが小五郎さまの為だと伝えるのだな」

左近は冷笑した。

二

雲が流れ、緑の田畑を照らしていた陽は陰った。

房吉は、仙台藩江戸下屋敷を見張り続けた。

伊達小五郎と守役の真山兵庫が、下屋敷から出て来る事はなかった。

房吉は、辛抱強く見張り続けた。

左近が追った二人の家来が戻り、仙台藩江戸下屋敷に足早に入っていった。

房吉は見送った。

「奴ら、甚吉さんの家に行きましたよ」

左近が戻って来た。
「やっぱり……」
房吉は苦笑した。
隣の雉子宮宝等寺の林から、多くの鳥が羽音を鳴らして一斉に飛び立った。
房吉は驚き、飛び去っていく多くの鳥を怪訝《けげん》に見送った。
異変……。
左近は眉をひそめた。
黒脛巾組の忍びの結界が揺れた。
裏柳生の忍び……。
左近は気付いた。
「此処《ここ》にいて下さい」
左近は、房吉に告げて雉子宮宝等寺に急いだ。

雉子宮宝等寺を囲む雑木林には、黒脛巾組の忍びの者たちが次々に侵入した。
雑木林にいた鳥は既に飛び去り、虫すらも鳴き声を潜めていた。
黒脛巾組の忍びの者は、殺気を漲《みなぎ》らせて雑木林を見廻した。

次の瞬間、木々の上から手裏剣が降り注いだ。

黒脛巾組の忍びの者は、頭上からの不意の手裏剣を受けて倒れた。

裏柳生の忍びだ。

黒脛巾組の忍びの者たちは、咄嗟《とっさ》に木の幹や茂みに散った。

裏柳生の忍びの者たちが現れ、幾つもの弩《ど》の矢を放った。

弩の矢は唸りを上げて木の幹を抉《えぐ》り、茂みを貫いて黒脛巾組の忍びの者を倒した。

裏柳生の忍びの者たちは押した。

黒脛巾組の忍びの者は傷付き、仙台藩江戸下屋敷土塀に退いた。

裏柳生の忍びの者たちは、忍び刀や苦無を翳《かざ》して土塀に退いた黒脛巾組の忍びの者に襲い掛かった。

翻弄蹂躙された恨みを晴らす……。

裏柳生の忍びの者は、次々に黒脛巾組の忍びの者を倒した。

刃が唸り、手裏剣が煌めき、血が飛び散った。

黒脛巾組の忍びの者は狼狽えた。

刹那、錫杖が唸りを上げて飛来した。

裏柳生の忍びの者が、飛来した錫杖に腹を貫かれて倒れた。

仙台藩江戸下屋敷の土塀の上に、黒脛巾組の頭の道鬼が現れた。

指笛が短く鳴った。

裏柳生の忍びの者は一斉に退いた。

「伊達は黒脛巾組の頭、道鬼か……」

雑木林に声が響いた。

「裏柳生か……」

道鬼は苦笑した。

「如何にも……」

若い柳生忍びが現れ、木の梢から合羽《じゃっぱ》を広げてむささびのように道鬼に向かって飛んだ。

道鬼は、手裏剣を放った。

若い柳生忍びは、むささびのように広げていた合羽を翻した。

道鬼の手裏剣は、合羽に弾き飛ばされた。

若い柳生忍びは、合羽を広げて滑空し、道鬼に迫った。

道鬼は、咄嗟に土塀から跳び下りた。

若い柳生忍びは土塀を蹴って反転し、道鬼に襲い掛かった。

道鬼は、鎖の付いた分銅《ふんどう》を放った。

若い柳生忍びは、広げた合羽を窄《すぼ》めて大きく跳び退いた。

道鬼は、忍び鎌の分銅を廻して裏柳生の若い忍びと対峙した。

「おぬし、名は……」

「裏柳生の直弥《なおや》……」

直弥と名乗った若い柳生忍びは、薄い笑みを浮かべていた。

「直弥……」

「ああ……」

直弥は、合羽を道鬼に投げ付けた。

合羽は広がって道鬼に迫った。

道鬼は、忍び鎌の分銅で合羽を叩き落とした。

刹那、合羽の陰から直弥が現れ、抜き打ちの一刀を放った。

閃光が走った。

道鬼は、腕から血を滴らせて大きく跳び退いた。

黒脛巾組の忍びの者たちが道鬼の前に現れ、直弥と対峙した。

「道鬼、その命、次は貰う……」

直弥は、嘲りを浮かべて告げて身を翻した。

黒脛巾組の忍びの者たちは、追い掛けようとした。

「待て……」

道鬼は止めた。

黒脛巾組の忍びの者たちは立ち止まった。

「深追いは命取り。今は此迄だ。退け……」

道鬼は命じた。

黒脛巾組の忍びの者は、一斉に退いた。

左近は、隠形《おんぎょう》を解いた。

「裏柳生の直弥……」

合羽を使ってむささびのように飛ぶ柳生流の剣の遣い手……。

左近は見届けた。

雑木林に虫の音が湧き、飛び立った鳥が戻り始めた。

「どうかしましたかい……」

房吉は、戻った左近に怪訝な面持ちで尋ねた。

「裏柳生の忍びの者が報復に来ました」

左近は告げた。

「裏柳生が。それでどうなりました」

「道鬼が手傷を負いました」

「道鬼が……」

房吉は驚いた。

「ええ、裏柳生の直弥という若い忍びがやって来ました」

「直弥……」

「ええ。若い男ですが、合羽を使って空を飛ぶ、柳生流の剣の遣い手です。気を付けて下さい」

左近は報せた。

「分かりました。そんな恐ろしい奴とは、拘わらないようにしますよ」

房吉は苦笑した。

「そいつが一番です」

左近は、笑みを浮かべて頷いた。

仙台藩江戸下屋敷は、結界を厳しくして護りを固めた。

「どうやら、護りを厳しくしたようです」

左近は見定めた。

「じゃあ、小五郎と守役の真山兵庫も下手には動きませんか……」

房吉は読んだ。

「かもしれません……」

左近は頷いた。

仙台藩江戸下屋敷から真山兵庫たち家来が、慌《あわ》てた様子で駆け出して来た。

「左近さん……」

房吉は眉をひそめた。

「ええ。何かあったようですね」

左近は読んだ。

真山たち家来は、四方に散った。

「何があったか訊《き》いて来ます」

左近は、散った家来たちの一人を追った。

仙台藩の真山兵庫たち家来は、品川臺町《しながわだいまち》の町に散って誰かを捜し始めた。

左近の追った家来は、岡山藩江戸下屋敷の方に走った。

家来は、行き交う者に捜す相手の人相風体《にんそうふうてい》を告げ、見掛けなかったか尋ね歩いた。

左近は、家来に尋ねられた行商人を呼び止めた。

「ちょいと尋ねるが、今の侍、何を訊いたのかな……」

「十八ぐらいの身形《みなり》の良いお侍を見掛けなかったかと……」

行商人は、戸惑った面持ちで告げた。

「十八ぐらいの身形の良い侍……」

左近は眉をひそめた。

「はい……」

「して……」

「見掛けなかったと云ったら、行ってしまいましたよ」

「そうか。造作を掛けたな……」

左近は、行商人と別れて想いを巡らせた。

仙台藩江戸下屋敷にいる十八歳ぐらいの身形の良い侍は、伊達小五郎しかいない。
守役の真山兵庫たち家来は、その小五郎を捜しているのだ。
小五郎が下屋敷から姿を消した……。
左近は読んだ。
だが、いつ、どうやって……。
下屋敷の表門は房吉が見張っていた。
そして、黒脛巾組が結界を……。
崩して裏柳生の直弥たち忍びと、雑子宮宝等寺の雑木林で闘っていた。
そうか……。
その隙《すき》に別の裏柳生の忍びが、小五郎を屋敷の裏手から連れ去ったのだ。
伊達小五郎は、裏柳生の直弥たち忍びに拉致《らち》された。
黒脛巾組との殺し合いを有利に進める道具にする為に……。
だが、黒脛巾組にとって小五郎は護る価値のある者ではないのだ。
冷酷非情に見棄てるに決まっている。
小五郎は、黒脛巾組を抑える為の人質にはならない。
裏柳生の直弥がそれに気が付けば、小五郎は役立たずとして殺される。

どちらにしろ、小五郎は殺される……。

左近は読んだ。

小五郎が殺されたら、甚吉さんの薬代と見舞金を取る事が出来なくなる。

拙《まず》い……。

左近は、微かな焦りを覚えた。

先ずは、睨み通り、小五郎が裏柳生に拉致されたかどうか確かめるしかない。

左近は、柳生藩江戸下屋敷に走った。


柳生藩江戸下屋敷は、東に岡山藩江戸下屋敷、南に目黒川、北と西には田畑が広がっていた。

左近は、柳生藩江戸下屋敷を窺った。

柳生藩江戸下屋敷には、厳重な結界が張られていた。

以前より明らかに厳しい。

それは、小五郎を捕らえているからか、それとも黒脛巾組の道鬼の報復に備えての事なのか……。

左近は、見定めると決め、柳生藩江戸下屋敷に忍び寄った。

柳生藩江戸下屋敷は、土塀の陰や御殿の屋根などに柳生忍びが潜み、油断なく周囲を見張っていた。

下手に忍び込めば、直ぐに気が付かれる。

だが、上手く忍び込んだところで、愚かな小五郎を連れての脱出は難しい。

どうする……。

左近は、想いを巡らせた。

柳生藩江戸下屋敷から若い家来が出て来た。

若い家来は、田舎道を岡山藩江戸下屋敷の方に進んだ。

岡山藩江戸下屋敷の向こうには、仙台藩の江戸下屋敷がある。

若い家来は、仙台藩江戸下屋敷に行くのかもしれない。

左近は読んだ。

先ずは小五郎の行方だ……。

左近は、若い家来を追った。

若い家来は、足早に田畑の間の田舎道を急いだ。

よし……。

左近は、田畑の緑の中を進んで若い家来に秘かに迫った。そして、周囲に人気がないのを見定め、若い家来を背後から押さえ、喉元に苦無を突き付けた。

若い家来は凍て付いた。

「裏柳生は、伊達小五郎を捕らえたのだな」

左近は囁いた。

「し、知らぬ……」

若い家来は、嗄《しゃが》れ声を引き攣《つ》らせた。

「云え……」

左近は、若い家来の喉元に苦無の刃をゆっくりと滑らせた。

血が赤い糸のように浮かんだ。

若い家来は仰け反り、小刻みに震えた。

「震えたら手許が狂う……」

左近は苦笑した。

「こ、小五郎は柳生藩の下屋敷の三番蔵に閉じ込めている」

若い家来は、嗄れ声を震わせた。

「小五郎を捕らえ、仙台藩の黒脛巾組の道鬼の動きを封じるのが、直弥の狙いか
……」

左近は読んだ。

「ああ……」

若い家来は、震えながら頷いた。

「おぬし、名は……」

「し、清水祐之助《しみずゆうのすけ》……」

若い家来は、声を震わせた。

「よし。清水祐之助、此の事は他言無用《たごんむよう》。誰にも云わないのが身の為だ。良いな」

左近は脅した。

清水祐之助と名乗った若い家来は頷いた。

次の瞬間、左近は清水祐之助を突き飛ばして田畑の緑に素早く消えた。

清水祐之助は倒れ、呆然とした面持ちでその場にへたり込んだ。

仙台藩江戸下屋敷には、真山兵庫たち家来が忙しく出入りをした。

房吉は、見張り続けていた。

左近が戻った。

「何か分かりましたか……」

「ええ。小五郎が黒脛巾組の道鬼を倒す人質として、裏柳生に拉致されました」

「そんな……」

房吉は驚いた。

「何れにしろ、小五郎は今、柳生藩江戸下屋敷の三番蔵に閉じ込められているようです」

「それで、真山たち家来が慌ただしく捜している訳ですか……」

房吉は知った。

「ええ……」

左近は頷いた。

柳生藩の若い家来がやって来た。

「左近さん……」

房吉は、若い家来を示した。

「小五郎の事を教えてくれた柳生藩の家来です」

左近は、小さく笑った。

若い家来は、仙台藩江戸下屋敷を恐ろしそうに窺い、結び文を投げ込んで猛然と走り去った。

「結び文ですぜ」

房吉は眉をひそめた。

「きっと小五郎は預かったって奴でしょう」

左近は苦笑した。


守役真山兵庫の用部屋の障子は、夕陽に赤く染まっていた。

黒脛巾組の頭の道鬼が入って来た。

「用とは小五郎さまの事か……」

「うむ。此を……」

真山は、道鬼に結び文を差し出した。

道鬼は、結び文を手に取って読んだ。

「小五郎は預かった。無事に帰して欲しければ、明日の夜明け、道鬼一人で目黒不動尊裏の雑木林に来い、か……」

道鬼は、結び文を読み終えた。

「道鬼、行って小五郎さまを取り返してくれぬか……」

「真山、俺は黒脛巾組の頭だ。殿と仙台藩伊達家を護るが使命。一族の末の小五郎さまの為に命を懸ける訳にはいかぬ……」

道鬼は、嘲りを浮かべて結び文を真山に返した。

「道鬼、此の通りだ。小五郎さまを助けてくれ。頼む……」

真山は、道鬼に深々と頭を下げて頼んだ。

「真山、百姓や町方の者に迷惑を掛け、伊達家の評判を落とす愚かな小五郎さま、消えていただく潮時かもしれぬな」

道鬼は、冷ややかに云い放って用部屋から出て行った。

「道鬼……」

真山は項垂《うなだ》れた。

障子を染めていた夕陽は沈み、青黒い夕闇が用部屋の真山を包み込んだ。


「さあて、どうします……」

房吉は、左近に酌をした。

「小五郎が殺されたら、甚吉さんの薬代や見舞金を出す者がいなくなります」

左近は、酒の満たされた猪口を置き、房吉に酌をした。

「ええ。で、道鬼はどう出ますかね……」

房吉は首を捻った。

「おそらく、道鬼は動きませんよ」

「動かない……」

房吉は眉をひそめた。

「ええ。道鬼たち黒脛巾組は、仙台藩伊達家を護るのが役目。如何に伊達一族の者とはいえ、愚か者の小五郎の為に命は懸けないでしょう。寧《むし》ろ裏柳生の忍びが小五郎を殺すと云うのなら、さっさと始末してくれと願っているのかも……」

左近は苦笑した。

「じゃあ……」

房吉は、厳しさを滲ませた。

「ええ……」

此《こ》のままでは小五郎は殺される……。

左近は読んだ。

「こうなると、守役の真山兵庫はどうしますかね……」

房吉は、手酌で酒を飲んだ。

「分からないのはそこです。愚かな小五郎でも主は主、忠義を尽くすか、恥を忍んで見棄てるか……」

左近は眉をひそめた。

「どうしますかね……」

「ま、何《いず》れにしろ、今、小五郎を死なせる訳にはいきません」

左近は、手酌で酒を飲んだ。

「じゃあ……」

房吉は、猪口を置いて左近を見詰めた。

「助け出すしかないでしょう」

左近は云い放った。

「左近さん一人でですか……」

房吉は緊張した。

「勿論、房吉さんに手伝ってもらいますがね」

左近は、不敵な笑みを浮かべて酒を飲み干した。

三

柳生藩江戸下屋敷には、裏柳生の忍びが結界を張っていた。

忍び姿の左近と房吉は、田畑の緑に潜んで柳生藩江戸下屋敷を眺めた。

柳生藩江戸下屋敷は、蒼白い月明かりを浴びていた。

僅かな刻が過ぎた。

裏柳生の忍びの者たちが現れ、田舎道を仙台藩江戸下屋敷に向かって走った。

黒脛巾組の動きを見張りに行く……。

左近は読んだ。

何れにしろ、柳生藩江戸下屋敷は裏柳生の忍びの警戒は手薄になった。

「じゃあ、房吉さん、手筈通りに頼みます」

「承知。左近さんも気を付けて……」

「ええ……」

「じゃあ……」

房吉は、田畑の緑の中を素早く走り去った。

よし……。

左近は、柳生藩江戸下屋敷を窺った。

柳生藩江戸下屋敷の土蔵は、屋敷内の南側に並んでいる。

小五郎が閉じ込められている三番蔵もその中にある。

左近は、柳生藩江戸下屋敷の南側、目黒川沿いの土塀に走った。

目黒川の流れに月影は揺れていた。

左近は、目黒川沿いの暗く狭い土塀脇を進み、小さな船着場のある水門前に忍んだ。

水門には、二人の裏柳生忍びが結界を張っていた。

そろそろ、房吉が反対の北側の土塀内に火薬玉を投げ入れる筈だ。

左近は己の気配を消して、その時を待った。

僅かな刻が過ぎた。

柳生藩江戸下屋敷の北側から爆発音が続け様《ざま》にあがった。

張り巡らされた結界が揺れた。

裏柳生の忍びの者たちは、北側の土塀に向かって一斉に走った。

水門にいた二人の裏柳生の忍びの一人が、北側の土塀に走った。

一人残った柳生忍びは、緊張した面持ちで見張りを続けた。

刹那、背後に左近が現れ、裏柳生の忍びの者の首を絞め、大きく捻った。

裏柳生の忍びの者は、首の骨の折れる乾いた音を鳴らし、悲鳴を上げる間もなく斃れた。

左近は、柳生藩江戸下屋敷に侵入した。

裏柳生の忍びの殆《ほとん》どの者は、爆発のあった下屋敷の北側に駆け付けていた。

左近は、南側に並ぶ土蔵に走った。

小五郎は、三番蔵に閉じ込められている。

左近は、並ぶ土蔵を窺った。

三番目の土蔵の前には、裏柳生の二人の忍びの者がいた。

三番蔵だ……。

左近は見定め、並ぶ土蔵の屋根に跳び、走った。そして、三番蔵の屋根に忍び、戸口の前を見下ろした。

戸口の前には、二人の忍びの者が見えた。

左近は、苦無を手にして跳び下り、一人の忍びの者を倒し、残る一人の喉元に苦無を突き付けた。

一瞬の出来事だった。

喉元に苦無を突き付けられた忍びの者は、息を呑んで仰け反った。

「小五郎は三番蔵だな……」

左近は、押し殺した声で訊いた。

「ああ……」

忍びは、呻《うめ》いて頷いた。

「開けろ……」

左近は命じた。

忍びの者は、腰に下げていた鍵束の一本を使って三番蔵の錠前を解いた。

次の瞬間、左近は忍びの者を当て落とした。

忍びの者は、気を失って崩れ落ちた。

左近は、二人の忍びの者を三番蔵の陰に隠し、戸を開けた。

戸は、微かな軋みを鳴らして開いた。

左近は、素早く三番蔵に忍び込んだ。

三番蔵の中は暗く、異様な臭いが漂っていた。
糞尿の臭い……。
左近は苦笑し、糞尿の臭いの元を辿《たど》った。
糞尿の臭いは、小五郎が垂れ流しているからなのだ。
板の間の隅に、縛られ猿轡《さるぐつわ》を嚙まされた上等な着物を着た若い武士が横たわっていた。
小五郎だ……。
左近は見定め、横たわっている小五郎を窺った。
糞尿の臭いが鼻を衝《つ》いた。
小五郎は、水や食べ物を与えられず、放置された状態で気を失っていた。
所詮、駆引きの道具に過ぎない。
惨《みじ》めだ……。
左近は、臭い小五郎を担ぎ上げて戸口に向かった。
「た、助けて。頼む、助けて……」
小五郎は、譫言《うわごと》を云って啜り泣いた。

武士としての意地も矜恃《きょうじ》もない愚か者……。

左近は呆れた。

左近は、小五郎を担いで三番蔵を出て、水門に走った。そして、水門の閂《かんぬき》を外して門扉《もんぴ》を開けた。

水門の外には船着場があり、目黒川が流れている。

左近は、気を失っている小五郎を船着場に担ぎ出した。

猪牙舟《ちょきぶね》が上流の闇から現れ、船縁《ふなべり》を巧みに船着場に着けた。

房吉だった。

「小五郎です。垂れ流しています」

左近は、苦笑しながら小五郎を猪牙舟に担ぎ込んだ。

「それはそれは……」

房吉は眉をひそめた。

「じゃあ……」

左近は、猪牙舟の艫《とも》を押した。

「はい……」

房吉は、流れに乗り出した猪牙舟を操って下流の暗がりに去って行った。
左近は、水門に戻って門扉を閉めて閂を掛けた。
殺気が押し寄せた。
左近は、咄嗟に水門の屋根に跳んだ。
幾つもの十字手裏剣が飛来し、水門の門扉に突き刺さった。
裏柳生の忍びの者が現れ、猛然と左近に襲い掛かって来た。
左近は、手裏剣を続け様に放った。
裏柳生の忍びの者たちは斃れた。
左近は、忍びの者たちの頭上に跳び、無明刀を抜き打ちに放った。
閃光が縦横に走った。
左近は着地した。
忍びの者は斃れた。
左近は、無明刀を振るった。
無明刀の鋒《きっさき》から血が飛んだ。
忍びの者たちは怯んだ。

「何者だ……」

直弥が怒りを浮かべ、裏柳生の忍びの者の中から進み出た。

「神域を汚そうとする虚《うつ》け者《もの》を懲らしめに来た目黒不動の使い……」

左近は笑った。

「戯《ざ》れ言《ごと》を申すな」

直弥は遮り、地を蹴って左近に跳んだ。

左近は、無明刀を青眼《せいがん》に構えた。

直弥は、左近に斬り掛かった。

左近は、無明刀を横薙《な》ぎに一閃した。

閃光が交錯し、左近と直弥は入れ替わって対峙した。

「その方、伊達の黒脛巾組ではないな……」

直弥は、左近を厳しく見据えた。

「ああ。はぐれ忍びだ……」

左近は笑い、水門の屋根に跳んだ。

忍びの者たちが一斉に手裏剣を投げた。

左近は、水門の向こうの目黒川に身を躍らせた。

忍びの者たちは、土塀の上に次々に跳んで目黒川を窺った。

左近の姿は既に何処にも見えず、目黒川が暗く静かに流れているだけだった。

「おのれ、何者なのだ……」

直弥は、微かな苛立ちを過《よ》ぎらせた。

「直弥さま……」

忍びの者がやって来た。

「何だ……」

「小五郎がおりません……」

「何、小五郎が……」

直弥は、はぐれ忍びと名乗った忍びが侵入した理由を知った。

燭台《しょくだい》の火は瞬いた。

「何、柳生の江戸下屋敷で爆発が起き、異変が起きているようだと……」

道鬼は眉をひそめた。

「はい。何者かが襲ったものかと……」

配下の忍びの者は告げた。

「何者かが……」

道鬼は、微かな戸惑いを過ぎらせた。

守役の真山兵庫が、小五郎を助けようと何者かを雇ったのかもしれない。

「はい……」

「よし。真山に逢ってから、柳生の下屋敷に参る……」

道鬼は命じた。

「はっ……」

配下の忍びの者は、素早く出て行った。

「何処の誰だ……」

道鬼は、瞬く燭台の火を指先で揉み消した。


「私は知らぬ……」

真山兵庫は、戸惑いを浮かべた。

「知らぬ……」

道鬼は眉をひそめた。

「ああ……」

「そうか、知らぬか……」

道鬼は頷いた。

真山は、柳生藩江戸下屋敷を襲った者と拘わりはなかった。

「道鬼、何者かが柳生の下屋敷を襲い、小五郎さまを助けたのか……」

真山は困惑を滲《にじ》ませた。

「助けたかどうかは分からぬ……」

道鬼は苦笑し、真山の用部屋から出て行った。

「そ、そうか……」

真山は混乱した。


目黒川は田畑の中を流れ、品川宿から袖ヶ浦に注いでいる。

左近は、目黒川の流れ伝いに田畑をやって来た。

目黒川に猪牙舟が繋がれ、岸辺に古い粗末な小屋があった。

小屋から明かりが洩れていた。

左近は、小屋に忍び寄った。

糞尿の臭いが微かに漂った。

左近は苦笑し、小屋の中を窺った。

小屋の中には焚き火が燃え、眠っている小五郎の傍に房吉がいた。

「房吉さん……」

左近は、静かに声を掛けた。

焚き火は燃え上がり、眠る小五郎の顔を照らした。

「何杯、水を掛けた事か……」

房吉は、眠る小五郎を一瞥した。

「そいつは大変でしたね」

左近は苦笑した。

「それで、左近さんから預かった薬を飲ませておきましたよ」

房吉は告げた。

左近は、忍びの者が何日も忍ぶ時に使う滋養強壮の丸薬を房吉に渡してあった。

房吉は、その丸薬を小五郎に飲ませたのだ。

「そうですか……」

左近は、小五郎の様子を見た。

小五郎は、落ち着いた息遣いだった。

「じゃあ、直ぐに場所を移しましょう」

左近は、眠っている小五郎を担ぎ上げた。

「承知……」

房吉は頷き、焚き火を消し始めた。

火の粉が飛び散り、焚き火は消えた。


道鬼は、黒脛巾組の忍びの者を率いて柳生藩江戸下屋敷に向かった。

岡山藩江戸下屋敷の前を抜け、田畑の間の田舎道を進んだ。

行く手に三嶋《みしま》明神があり、その先に柳生藩江戸下屋敷がある。

道鬼たち黒脛巾組は、三嶋明神の前に差し掛かった。

闇を斬り裂く音が短く鳴り、数人の黒脛巾組の忍びの者が弩《ど》の矢を受けて倒れた。

「散れ……」

道鬼は命じた。

黒脛巾組の忍びの者は、田舎道の左右の田畑に跳んだ。

左右の田畑に忍んでいた裏柳生の忍びの者が現れ、黒脛巾組の忍びの者に襲い掛かった。

田畑に手裏剣が飛び交い、忍び刀や苦無が舞った。

黒脛巾組は押された。

「おのれ、直弥……」

道鬼は、直弥たち裏柳生の忍びの者が待ち伏せをしていたのに怒りを覚えた。

刹那、合羽を広げて夜空を飛んで来た直弥が、道鬼に斬り付けた。

道鬼は咄嗟に身を投げ出して躱《かわ》し、忍び鎌の分銅を放った。

分銅は、直弥の広げた合羽を激しく打った。

直弥は、均衡を崩して田畑に下りた。

道鬼は、猛然と直弥に襲い掛かった。

直弥は合羽を脱ぎ棄て、抜き打ちの一刀を放った。

道鬼は、直弥の抜き打ちの一刀を躱し、鎖の付いた分銅を廻して直弥と対峙した。

「死にに来たか、道鬼……」

直弥は、冷ややかに告げた。

「黙れ、直弥。伊達家の恥、虚《うつ》けの小五郎を始末してくれるとは、ありがたい」
道鬼は嘲笑した。
「だが、お前たちを誘《おび》き寄せる道具としては立派に役立った」
直弥は、大きく踏み込んで道鬼に鋭く斬り掛かった。
道鬼は、大きく跳び退いた。
間合いを詰められて懐に入られると、忍び鎌の分銅の力は失われる。
直弥は、尚も踏み込んで間合いを詰めた。
道鬼は、忍び鎌を封じられた。
直弥の柳生新陰《しんかげ》流の太刀捌《さば》きは鋭く、道鬼は押された。
道鬼は忍び鎌を棄て、背負っていた棒を取って素早く振った。
棒の先に仕込んであった鈍色《にびいろ》に輝く鉾《ほこ》が飛び出した。
道鬼は、手鉾《てぼこ》を唸らせて直弥と激しく斬り結んだ。
刃が嚙み合い、火花が飛び散った。
待ち伏せに遭った黒脛巾組は、裏柳生の忍びに押されて次々に斃されていた。
拙い……。
道鬼は、猛然と直弥に斬り掛かった。

直弥は、跳び退いた。
次の瞬間、道鬼は幾つかの火薬玉を投げた。
爆発が起こった。
直弥たち裏柳生の忍びの者は伏せた。
火薬玉は爆発した後、白煙を噴き上げた。
「おのれ……」
直弥は、広がる白煙を見据えた。
道鬼たち黒脛巾組は、白煙に紛れて仙台藩江戸下屋敷に逃げる筈だ。
直弥は読んだ。
此のまま一気に仙台藩江戸下屋敷に攻め掛かり、蹂躙《じゅうりん》するか……。
それとも、此方も退いて態勢を立て直すべきか……。
直弥は迷った。
裏柳生の忍びの者にも斃された者がいる。
直弥は、退く事に決めた。
田畑に広がった白煙は、微風に吹かれて消え始めた。
道鬼と黒脛巾組の忍びは、睨み通りに退いていた。

直弥は、裏柳生の忍びを退かせた。

田畑に静けさが戻り、その緑は月明かりを浴びて煌めいた。

仙台藩江戸下屋敷は、相変わらず結界を厳しくしていた。

左近は窺い、何故か違和感を覚えた。

結界が厳しい割りには、微かな怯えが滲んでいる。

何かがあった……。

左近の勘が囁いた。

そいつは、仙台藩江戸下屋敷に入ってからだ……。

左近は、そう決めて仙台藩江戸下屋敷の潜り戸を叩いた。

「何方《どなた》だ……」

潜り戸の覗き窓が開き、番士が顔を見せた。

「私は公事宿巴屋出入物吟味人の日暮左近。真山兵庫どのに小五郎さまの事でお逢いしたく、お取次ぎ願う」

左近は告げた。

四

仙台藩江戸下屋敷は、警戒と緊張に満ちていた。

黒脛巾組に何かがあった……。

左近の勘は囁いた。

「真山さまは、間もなく参ります」

取次ぎの家来は、左近を座敷に誘い、茶を出して立ち去った。

「お待たせ致しました……」

真山兵庫が足早に入って来た。

「やあ……」

真山は、小五郎の事と聞いて慌ただしくやって来た。

左近は苦笑した。

「日暮どの、小五郎さまの事とは……」

真山は、左近に困惑した眼を向けた。

「此《これ》を……」

左近は、赤い印籠《いんろう》を差し出した。

赤い印籠には、竹丸に二羽雀、通称〝竹に雀〟の伊達家の家紋が描かれていた。

「こ、小五郎さまの印籠……」

真山は驚いた。

「左様。小五郎さま、或る処に捕らえられていたのをお助け致した」

左近は告げた。

「ま、まことにござるか……」

「その印籠が何よりの証《あかし》……」

左近は笑った。

「うむ。して、小五郎さまは……」

「御無事です……」

「そうですか、御無事ですか……」

真山は、満面に安堵を浮かべた。

「して、真山どの。小五郎さまからの文です」

左近は、一枚の書付けを真山に差し出した。

「小五郎さまの……」

　真山は、書付けを読んだ。

　書付けには、『大崎村の百姓甚吉に薬代十両と見舞金二十両を払ってくれ』と書かれていた。

「こ、此は……」

　真山は戸惑った。

「和談金、払えぬと申されるなら、小五郎さまを元いた場所に戻すまで……」

　左近は苦笑した。

「いや。それには及びません。薬代十両に見舞金二十両。しめて三十両ですな」

「如何にも。払っていただければ、小五郎さまは直ぐに戻られます」

　左近は頷き、告げた。

「ならば、少々お待ち下さい」

　真山は、座敷から出て行った。

　此で良い……。

　左近は苦笑した。

　庭では、小者が掃除をしながら座敷の様子を窺っていた。

　黒脛巾組の忍び……。

左近は見抜き、笑い掛けた。

小者は、掃除の手を止めて会釈をして立ち去って行った。

「お待たせ致した」

真山が、袱紗《ふくさ》に包んだ切り餅一つと五枚の小判を持って来た。

「日暮どの、和談金三十両です」

真山は、三十両の金を差し出した。

左近は検《あらた》めた。

「確かに。では、此を……」

左近は、懐から書付けを出して真山に差し出した。

書付けには、『薬代十両と見舞金二十両。確かに受け取り候。大崎村百姓甚吉代公事宿巴屋出入物吟味人日暮左近』と書かれていた。

「うむ……」

真山は頷いた。

「ならば、此にて……」

左近は、三十両の金を懐に入れて座を立った。

「ひ、日暮どの、小五郎さまは……」

真山は、必死の眼を向けた。

「直ぐに戻ります」

左近は笑った。

雉子宮宝等寺の境内には、房吉と小五郎がいた。

「やあ、お待たせしました」

左近がやって来た。

「どうでした……」

房吉は尋ねた。

「上首尾《じょうしゅび》です。どうやら私たちの仕事は終わったようです」

左近は告げた。

「そいつは良かった……」

房吉は笑った。

「では、小五郎さま。仙台藩江戸下屋敷に戻りましょう」

左近は、小五郎を促した。

「うむ……」

小五郎は頷いた。

「今後、二度と他人に迷惑を掛けてはならない。もし、迷惑を掛ければ、命を落とすと覚悟するのですな」

左近は、小五郎に云い聞かせた。

「うむ。分かった……」

小五郎は、土蔵に閉じ込められ、水や食べ物を与えられず、糞尿塗れになったのを思い出して身震いした。

房吉は苦笑した。

「ならば……」

左近は、小五郎を仙台藩江戸下屋敷に伴った。


小五郎は、不安げな足取りで仙台藩江戸下屋敷に向かった。

左近と房吉は見送った。

仙台藩江戸下屋敷から真山兵庫と家来たちが駆け出して来た。

「こ、小五郎さま……」

真山は、小五郎に駆け寄った。

「行きますか……」

左近は踵を返した。

房吉は続いた。


大崎村の百姓甚吉の依頼は、和談金三十両で始末が付いた。

公事宿『巴屋』出入物吟味人の仕事は終わった。

左近と房吉は、蕎麦を肴《さかな》に酒を飲んだ。

「いろいろご苦労さまでした……」

房吉は、左近を労った。

「房吉さんも……」

左近と房吉は酒を飲んだ。

「じゃあ、軽く腹拵《ごしら》えをして馬喰町に帰りますか……」

「房吉さん、先に帰り、此を彦兵衛の旦那に渡して下さい」

左近は、袱紗に包んだ三十両の和談金を差し出した。

「そう来ると思いましたよ」

房吉は苦笑した。

「ええ。黒脛巾組の道鬼と裏柳生の直弥の成行きを見届けようかと思います」

左近は、房吉に酌をした。

「此奴《こいつ》は畏れ入ります。分かりました。ですが、呉々《くれぐれ》も気を付けて……」

房吉は告げた。

「心得ました」

左近は笑った。

房吉は、三十両の和談金を持って馬喰町の公事宿『巴屋』に帰って行った。

左近は見送り、振り返った。

饅頭笠を被った托鉢坊主が佇んでいた。

左近は苦笑し、目黒川に向かった。

托鉢坊主は、左近に続いた。


菊の花を載せた笹舟が、目黒川を流れて行った。

左近は、田畑の中を流れる目黒川に架かっている小橋に佇み、振り返った。

托鉢坊主は、小橋の袂《たもと》に立ち止まった。

「黒脛巾組の道鬼か……」

左近は笑い掛けた。

「おぬしが日暮左近か……」

饅頭笠を取った托鉢坊主は、黒脛巾組の頭の道鬼だった。

「ああ……」

左近は頷いた。

「おぬし、裏柳生に捕らえられた小五郎さまを助けたそうだが、何処の忍びだ」

道鬼は、左近を厳しく見据えた。

「俺は公事宿の出入物吟味人だ」

左近は苦笑した。

「戯《ざ》れ言《ごと》を申すな。おぬしが忍びの者だというのは知れている」

「そうか。ならば、はぐれ忍びだ」

「はぐれ忍び……」

道鬼は眉をひそめた。

「うむ。して道鬼。裏柳生は御側衆の堀田京之介の遺志を継いで仙台藩と松宮藩の抜け荷を疑い、探索を続けているか……」

左近は尋ねた。

「おそらく。だが、仙台藩は抜け荷などしていない」

道鬼は否定した。

「さあて、そいつはどうかな……」

左近は笑った。

「日暮……」

道鬼は苦笑した。

「何れにしろ裏柳生の忍びは、堀田京之介の右腕の片平半蔵を倒された遺恨《いこん》もあり、何としてでも仙台藩の抜け荷の証拠を摑《つか》もうとしている。その一番の邪魔者が道鬼、お前たち黒脛巾組だ。お前もそれ故、裏柳生の忍びが潜む下屋敷を狙って仙台藩の下屋敷に来た筈だ。違うか……」

左近は読んだ。

「日暮、理由はどうあれ、我らは裏柳生の直弥たち忍びを倒す」

道鬼は云い放った。

「出来るかな……」

左近は、冷ややかな笑みを浮かべた。

「日暮……」

「伊達の黒脛巾組と裏柳生の忍びの闘い、確《しか》と見せてもらう」

左近は、目黒川に架かっている小橋を渡り、田畑の間の田舎道を立ち去った。

「日暮左近……」

道鬼は、腹立たしげに見送った。


目黒不動尊の境内は、多くの参拝客で賑わっていた。

左近は、目黒不動を参拝した。そして、門前町を抜けて長徳寺《ちようとくじ》脇の田舎道に進み、目黒川の傍の柳生藩江戸下屋敷に向かった。

柳生藩江戸下屋敷は、結界を厳重に張り巡らせていた。

油断はない……。

左近は、柳生藩江戸下屋敷の周囲を見廻した。

田畑には野良仕事に励む百姓がおり、目黒川の岸辺には釣りをする浪人がいた。

黒脛巾組の忍び……。

道鬼が放った見張りだ。

左近は睨んだ。

おそらく、直弥も配下の忍びの者を仙台藩江戸下屋敷に放ち、黒脛巾組の動きを見張らせている筈だ。
今迄の小競《こぜ》り合《あ》いとは違い、次は雌雄《しゆう》を決する殺し合いになる。
その時は近い……。
左近は読んだ。
風が吹き抜け、田畑の緑は大きく揺れた。

夕暮れ時が訪れた。
仙台藩江戸下屋敷から托鉢坊主が出て来た。
托鉢坊主は、饅頭笠を上げて辺りを見廻して通りに進んだ。
道鬼だった。
二人の職人が物陰から現れ、道鬼を追った。
道鬼は、雉子宮宝等寺から岡山藩江戸下屋敷の前を通り、目黒川に進んだ。
二人の職人は尾行《つけ》た。
道鬼は、目黒川に架かっている小橋を足早に渡って見えなくなった。
二人の職人は、慌てて道鬼を追って小橋の上に進んだ。

道鬼が小橋の袂に現れた。
二人の職人は狼狽《うろた》えた。
刹那《せつな》、道鬼が続け様に手裏剣を投げた。
手裏剣は煌めき、二人の職人の額に突き刺さった。
二人の職人は大きく仰け反り、目黒川に転落した。
水飛沫《しぶき》が上がり、煌めいた。
道鬼は、小橋の袂から目黒川を流れて行く二人の職人の死体を冷酷に見送った。
目黒川の流れは夕陽に煌めいた。
仙台藩江戸下屋敷の結界は緩《ゆる》んでいた。
何故だ……。
左近は、仙台藩江戸下屋敷の周囲を窺った。
周囲には、裏柳生の忍びの者が秘かに見張っている気配もなかった。
道鬼たち黒脛巾組は、既に裏柳生の忍びへの仕掛けに動いているのだ。
左近は睨んだ。
日は暮れていく。

柳生藩江戸下屋敷は闇に覆われた。

左近は、仙台藩江戸下屋敷と柳生藩江戸下屋敷の間に位置する岡山藩江戸下屋敷の大屋根に忍んだ。

岡山藩江戸下屋敷の大屋根の西の端からは、柳生藩江戸下屋敷が眺められた。

柳生藩江戸下屋敷には明かりが灯され、周囲の田畑の緑は夜風に揺れていた。

左近は眺めた。

おそらく、柳生藩江戸下屋敷には裏柳生の忍びの結界が張られ、周囲の田畑には黒脛巾組の忍びが潜んでいる。

道鬼はどんな攻撃をするのか……。

左近は見守った。

僅かな刻が過ぎた。

柳生藩江戸下屋敷の結界が僅かに揺れた。

道鬼の攻撃が始まった。

見届ける……。

左近は、岡山藩江戸下屋敷の大屋根から跳んだ。

黒脛巾組の忍びは、柳生藩江戸下屋敷に結界を張る裏柳生の忍びに手裏剣を放ち、一斉に攻撃を開始した。

裏柳生の忍びは、結界を揺らして応戦した。

黒脛巾組の忍びは、裏柳生の結界を破って下屋敷内に侵入した。

左近は、闘う黒脛巾組の忍びの者の中に道鬼を捜した。だが、道鬼はいなかった。

既に屋敷内に忍んでいる……。

左近は読み、柳生藩江戸下屋敷の水門に走った。


目黒川の流れは暗かった。

左近は、目黒川沿いの柳生藩江戸下屋敷の南の土塀を伝い、水門の屋根に上がり、連なる土蔵の屋根に跳んだ。

表御殿の前では、裏柳生と黒脛巾組の忍びが殺気を巻き上げて闘っていた。

左近は見定め、屋敷内を見廻した。

庭の外れに鋭い殺気が湧いた。

道鬼だ……。
左近は、土蔵の屋根を跳び下りて庭の外れに走った。
左近は、己の気配を消して木陰に潜んだ。
庭の外れには、托鉢坊主姿の道鬼が夜空を見据えていた。
奥御殿の屋根に直弥が現れ、合羽を翼のように広げて道鬼に向かって飛んだ。
道鬼は、錫杖を構えた。
直弥は、道鬼に向かって滑空しながら刀を抜き払った。
次の瞬間、道鬼は錫杖を投げた。
錫杖は唸りをあげて飛び、直弥の合羽を射貫《いぬ》いた。
直弥は、均衡を欠いて落ちるように着地した。
道鬼は、托鉢坊主の衣を投げ棄てて手鉾を構え、猛然と地を蹴った。
左近は見守った。
直弥は、素早く合羽を外して体勢を立て直した。
道鬼は、手鉾を唸らせて直弥に斬り掛かった。
直弥は、大きく跳び退いて刀を構えた。

道鬼は、追って跳んだ。
直弥は、刀を一閃した。
道鬼は、手鉾を唸らせた。
閃光が交錯し、風が鳴った。
直弥と道鬼は、鋭く斬り結んだ。
道鬼は、手鉾を唸らせて押した。
直弥は巧みに躱し、後退した。
道鬼は、間断なく斬り付けた。
直弥の柳生新陰流の巧みな技は、道鬼の手鉾の鋭さに封じられた。
直弥は、左の肩を斬られて血を飛ばし、後退して蹲《うずくま》った。
道鬼は冷笑を浮かべ、蹲った直弥に手鉾を翳《かざ》して猛然と迫った。
直弥は、蹲りながらも苦無を放った。
道鬼は、飛来する苦無を手鉾で叩き落とした。
手鉾の鋒《きっさき》から血が飛んだ。
「此迄だな、直弥。所詮、裏柳生は黒脛巾組の敵ではない……」
道鬼は、嘲りを浮かべて手鉾を上段に構えた。

道鬼の背後に新たな殺気が湧いた。

誰だ……。

左近は、闇に眼を凝《こ》らした。

次の瞬間、鈍い音が鳴り、道鬼は眼を瞠って凍て付いた。

道鬼の背に弩《ど》の矢が突き立っていた。

刹那、蹲っていた直弥が弾かれたように跳び、道鬼に横薙ぎの一刀を与えた。

道鬼は、喉元を斬られ、血を振り撒いて斃れた。

背後の大石の陰から、弩を手にした片平半蔵が現れた。

片平半蔵……。

左近は気が付いた。

「半蔵どの……」

直弥は、半蔵に近寄った。

「大丈夫か、直弥……」

片平半蔵は苦笑した。

「はい。お陰で命拾いをしました」

直弥は吐息を洩らした。

「ならば、表の黒脛巾組の者共を早々に追い返すのだな」

半蔵は命じた。

「はい……」

直弥は、屋敷の表御殿に急いだ。

半蔵は、道鬼に止《とど》めを刺した。

「道鬼、仙台藩が松宮藩を使って抜け荷の品を売り捌いている確かな証。必ず摑んでやる」

半蔵は、道鬼の死体に告げて表御殿に向かった。

片平半蔵……。

左近は、隠形を解いた。

御側衆堀田京之介の右腕だった裏柳生の忍び片平半蔵は、命を取り留めて蘇った。

裏柳生の忍びと伊達家黒脛巾組の殺し合いは、間もなく終わる。

道鬼は滅び、片平半蔵は蘇った。

だが、俺には拘わりない……。

左近は、目黒から立ち去る事にした。

月は雲間から現れ、蒼白く冷たい輝きを放っていた。

第三話　三行半《みくだりはん》

一

出入物吟味人の日暮左近は、旦那の彦兵衛に呼ばれて馬喰町の公事宿『巴屋』に向かった。

大崎村の百姓甚吉に怪我をさせた伊達小五郎との談合は、薬代十両と見舞金二十両のしめて三十両の和談金で始末がついた。

公事宿『巴屋』に来ていた甚吉と女房子供は、和談金を貰い、房吉に送られて大崎村に帰って行った。

そして、裏柳生の片平半蔵による仙台藩と松宮藩の抜け荷の探索がどうなったのか、左近は知らない。

左近は、煙草屋の腰掛けでお喋りをしているお春、隠居、妾稼業の女たちに会釈をして公事宿『巴屋』に入った。

書付けは三行半で書かれていた。

「此《これ》は……」

左近は、彦兵衛が差し出した書付けを手に取った。

「三行半《みくだりはん》ですよ」

彦兵衛は苦笑した。

〝三行半〟とは、江戸の庶民が離縁する時、夫から妻に渡す文書であり、〝離縁状〟とも云われていた。

その本文には、離縁したので今後、妻が誰と再婚しても構わない、との文言が書かれるのが普通だった。

「三行半……」

左近は眉をひそめた。

「ええ。元浜町《もとはまちょう》の錺職《かざり》、文七《ぶんしち》さんがおかみさんのおすみさんに残した離縁状です」

彦兵衛は告げた。

「錺職の文七さんがおかみさんのおすみさんに残した……」

左近は、戸惑いを浮かべた。

「ええ。文七さん、此の三行半と十両の金を残して姿を消したそうでしてね」

「十両の金……」

「ええ。文七さんとおすみさんには、身体の弱い幼い子供がおりまして。おそらく、その子の薬代として残した金だと思いますよ」

彦兵衛は読んだ。

「その十両の金の出処《でどころ》は……」

「おすみさんに心当たりはないそうでして、何か悪事に手を染めての金じゃあないかと心配しています」

「悪事に手を染めての金ですか……」

「はい……」

彦兵衛は頷いた。

「それで……」

左近は、話の先を促した。

「文七さんはおすみさんに逢わずに姿を消しましてね。おすみさん、逢ってきちんと話をしたいと願っています」

「そりゃあ、そうでしょうね」

左近は、おすみの気持ちが良く分かった。

「ええ。で、左近さんに来ていただきました」

「錺職の文七さん、捜すのですか……」

左近は読んだ。

「はい。お願い出来ますか……」

「捜す手掛かりは……」

「文七さん、背丈は五尺二寸で痩《や》せており、左腕に鑿《のみ》で怪我をした古疵《ふるきず》があるそうです」

彦兵衛は告げた。

「背丈は五尺二寸。左腕に鑿の古疵。他には何か……」

「錺職の親方は人形町《にんぎょうちょう》の喜作《きさく》さんって人でね。そこで訊けば、もっと何か詳しい事が分かるかもしれませんが……」

「そうですか……」

「で、捜していただけますか……」

「分かりました。捜してみましょう」

左近は引き受けた。


神田川沿いの柳原通りには、多くの人が行き交っていた。

鋳職の文七捜しを始める前に、柳森稲荷前の嘉平の葦簀張りの飲み屋に来た。

「やあ……」

主の嘉平は、笑顔で左近を迎えた。

「変わりはないようだな」

「ああ。相変わらずだよ」

嘉平は、湯呑茶碗に上等な酒を満たして左近に差し出した。

「裏柳生と黒脛巾組の噂、何か聞いていないかな……」

「聞いているよ」

嘉平は笑った。

「どんな噂だ……」

「裏柳生が黒脛巾組の道鬼を斃《たお》し、再び松宮藩と仙台藩の抜け荷を調べ始めたってな……」

「御側衆の堀田京之介が死んでもか……」

左近は、微かな戸惑いを過ぎらせた。

「噂によると、大目付《おおめつけ》の笠原主水正《かさはらもんどのしょう》ってのが、堀田京之介の企てを知って面白がったとか……」

嘉平は苦笑した。

「大目付の笠原主水正……」

「ええ……」

大目付は老中の支配下にあり、諸大名の監察を役目とする公儀重職だ。

「そうか……」

左近は、酒を飲んだ。

裏柳生の忍びは、御側衆堀田京之介に代わる者と出逢ったようだ。

「で、裏柳生と黒贮巾組の殺し合い、お前さんは絡んでいないのかい……」

嘉平は、左近に探る眼を向けた。

「ああ。して、黒贮巾組は尻尾《しっぽ》を巻いて仙台に帰ったのかな」

「いや。道鬼に代わる頭が来るって噂だ」

嘉平は、面白そうな笑みを浮かべた。

「名は……」

左近は尋ねた。

「さあて、そこ迄は……」

嘉平は首を捻った。

「そうか……」

道鬼を斃されて尻尾を巻くような黒脛巾組ではない。

裏柳生と黒脛巾組の暗闘は続く……。

左近は笑った。


浜町堀には荷船が行き交っていた。

左近は、浜町堀沿いの道から元浜町の裏通りに入った。

錺職の文七の家は、裏通りの路地奥にあった。

左近は、文七の家を訪れた。

奥の板の間は文七の仕事場であり、様々な錺職の道具が手入れされ、綺麗に並べられていた。

几帳面《きちようめん》な働き者……。

左近は、文七の人柄を読んだ。

「どうぞ……」

文七の女房おすみは、左近に茶を差し出した。

「戴《いただ》きます」

左近は茶を飲んだ。

美味い茶だった。

おすみは、四歳程の顔色の悪い男の子を膝に抱いた。

「して文七さん、姿を消す前、何か変わった様子はありませんでしたか……」

左近は尋ねた。

「さあ。此《これ》と云って変わった様子はありませんでしたけど、時々、仕事の手を止めてぼんやりしていた事が……」

「仕事の手を止めて、ぼんやりですか……」

「はい……」

おすみは、哀しげに頷いた。

膝に抱いた男の子は、苦しそうに咳をした。

「大丈夫かい、文吉《ぶんきち》……」

おすみは、男の子の背を心配そうに摩った。

文吉は、苦しそうに咳《せ》き込み続けた。

文七は、幼い息子の病の薬代十両を置いて姿を消した。

薬代が欲しくて姿を消したのか……。

左近は、想いを巡らせた。

「ところでおかみさん、近頃、文七さんを訪ねて来た者はいませんでしたか……」

左近は訊いた。

「文七を訪ねて来た者ですか……」

「ええ……」

「そう云えば、十日ぐらい前ですか、唐物《からもの》屋の番頭さんって方がお見えになっていましたけど……」

おすみは思い出した。

「唐物屋の番頭……」

左近は眉をひそめた。

「はい……」

「何処の何て唐物屋ですか……」

「さあ……」

おすみは首を捻った。

「分かりませんか……」

唐物屋は、錺職の文七の失踪に拘わりがあるかもしれない。

左近の勘が囁いた。

日本橋人形町は、浜町堀と東堀留川《ひがしほりどめ》の間にある。

左近は、木戸番に錺職の親方喜作の家が何処か尋ねた。

喜作の家は、板塀に囲まれた仕舞屋《しもたや》だった。

左近は、喜作の家を訪れた。

「文七、一体何があったのか、おすみに何も云わずに姿を消しましてね……」

喜作は、怒りと心配を交錯させた。

おすみは、文七が姿を消したと気が付いた時、一番先に錺職の親方喜作を訪れていた。

「では、文七さんが姿を消した理由、親方に心当たりはありませんか……」

左近は尋ねた。

「心当たりねえ……」

「ええ……」

「そりゃあ、文七も若い頃にはいろいろありましたが、うちに女中奉公に来たおすみに惚れて真っ当になり、所帯を持って子供も出来て、居職《いじょく》の錺職になったんですがね」

「若い頃のいろいろとは……」

左近は訊いた。

「もう古い話ですが、悪い仲間と名のある名人達人の作った香炉《こうろ》や簪《かんざし》などの贋《にせ》物《もの》を作って小遣い稼ぎをしていましてね……」

「贋物作りですか……」

左近は眉をひそめた。

「ええ。悪い仲間に誘われましてね。ですが、贋物の出来は見事なもんでしたよ」

喜作は苦笑した。

「その悪い仲間が誰か、覚えていますか……」

「さあて、旗本御家人《ごけにん》の倅や大名屋敷の家来なんかもいたそうですが、よく覚えちゃあいませんよ」

喜作は困惑した。

「そうですか……」

「それから、あっしが出入りをしている茶道具屋の旦那が愛宕下のお大名の屋敷を訪れた時、大名小路で文七に似ている男を見掛けたそうでしてね」

「愛宕下の大名小路で……」

左近は、微かな戸惑いを浮かべた。

愛宕下の大名小路には、松宮藩江戸上屋敷や仙台藩江戸中屋敷、そして柳生藩江戸上屋敷がある。

「ええ。もっとも、似ているだけで文七かどうかは分かりませんが……」

「そうですか……」

「ま、はっきりしているのは、文七は腕の良い錺職だという事だけですよ」

喜作は、吐息混じりに告げた。

文七の行方や消えた理由は、親方の喜作にも分からなかった。

左近は知った。

「ところで親方、親しい唐物屋はありますか……」

左近は訊いた。

「親しい唐物屋……」

喜作は眉をひそめた。

「ええ……」

「さあて、骨董《こっとう》屋ならありますが、唐物屋に親しいのはいませんぜ」

「そうですか……」

左近は頷いた。

陽は大きく西に傾き、江戸城の向こうに沈み始めた。


居酒屋は賑わっていた。

左近は、房吉と酒を酌み交わした。

「借金の踏倒しと事故の和談に続き、今度は離縁ですか……」

房吉は苦笑した。

「ええ。錺職が女房子供に三行半と十両を残して姿を消し、おかみさんがその理由を知りたがっていましてね」

「そりゃあそうでしょうね」

房吉は頷き、左近に酌をした。

「忝《かたじけな》い……」

「いいえ。で、何かお手伝いする事は……」

「ちょいと唐物屋を調べてもらえますか……」

「唐物屋……」

「ええ。面白そうな噂のある唐物屋を……」

左近は、笑い掛けた。

「面白そうな噂ですか……」

「ええ……」

「分かりました。調べてみます。ところで黒脛巾組、道鬼を斃されてどうなりました……」

房吉は、手酌で酒を飲んだ。

「代わりの者が来るそうです」

「やっぱりね。黒脛巾組も此のまま尻尾は巻きませんか……」

「ええ。此のままでは、裏柳生の思いのままになります。抜け荷の噂が本当であれ、濡《ぬ》れ衣《ぎぬ》であれ、仙台藩としては黙ってはいないでしょう」

左近は読み、房吉に酌をした。

「こいつはどうも。それにしても、片平半蔵が命を取り留めていたとは……」

房吉は眉をひそめた。

「ええ。それで、笠原主水正という大目付が堀田京之介のやっていた事を知り、裏柳生と手を組んだそうです」

「大目付の笠原主水正ですか……」

「ええ。裏柳生の忍び、道鬼を斃した今、嵩《かさ》に懸かって仙台藩を攻め立てるでしょう」

「殺し合いは続きますか……」

房吉は、溜息混じりに読んだ。

「きっと……」

左近は頷き、手酌で酒を飲んだ。

居酒屋には、客の笑い声が楽しげに響き渡った。

愛宕下大名小路は、外濠幸橋御門外久保丁原から増上寺まで、南北に続いており、左右に幾つもの大名屋敷が並んでいる。

その中に信濃国松宮藩江戸上屋敷や仙台藩江戸中屋敷、柳生藩江戸上屋敷もあった。

左近は、北の端の久保丁原に佇んで大名小路を眺めた。

錺職の文七に似た男は、此の大名小路で見掛けられていた。

その男が文七かどうか分からないが、調べてみる価値はある。

左近は、行き交う者の少ない大名小路を南の増上寺に向かって進み始めた。

左右に連なる大名屋敷は、表門を閉じて静寂に包まれていた。

一関《いちのせき》藩江戸上屋敷の裏から小者が現れ、表門前の掃除を始めた。

「やあ……」

左近は、掃除をする小者に近付いた。

小者は、掃除の手を止めて左近に怪訝な眼を向けた。

「つかぬ事を伺うが、近頃、此の界隈に文七という錺職がいると聞いたのだが、知らないかな」

「文七って錺職ですか……」

小者は眉をひそめた。

「ああ。背丈は五尺二寸程で痩せており、左腕に古い疵痕があるのだが……」

「お侍さん。此処は大名小路ですよ。銹職なんかがいるような処《ところ》じゃありませんよ」

小者は、呆れたような笑みを浮かべた。

「そうか。それもそうだな……」

左近は苦笑し、小者に礼を云って大名小路を尚も南に進んだ。

やがて、松宮藩江戸上屋敷の前に差し掛かった。

左近は、見詰める視線を感じた。

視線は、松宮藩江戸上屋敷の土塀の上から注がれていた。

裏柳生を警戒している黒脛巾組の忍び……。

左近は読み、松宮藩江戸上屋敷の斜向かいにある仙台藩江戸中屋敷を窺った。

仙台藩江戸中屋敷にも、黒脛巾組の忍びの結界が張られていた。

左近は見定め、増上寺裏門前に進んだ。

増上寺裏門前には、柳生藩江戸上屋敷があった。

左近は、柳生藩江戸上屋敷を眺めた。

結界は張られていない……。
柳生藩江戸上屋敷に結界が張られている様子はなかった。
左近は、殺気を短く放った。
刹那、柳生藩江戸上屋敷の表門や土塀から殺気が一気に湧いた。
左近は、近くの大名屋敷の路地に素早く身を隠した。
裏柳生の忍びは、結界を巧妙に張り巡らしているのだ。
左近は路地の奥に進み、大名小路の西の通りに出た。
大名小路の西の通りには、連なる大名屋敷の裏門があった。
左近は、西の通りを外濠に向かった。

浜町堀には荷船が行き交っていた。
左近は、馬喰町にある公事宿『巴屋』に行く為、浜町堀の近くに差し掛かった。
ちょいと覗いてみるか……。
左近は、元浜町の裏通りに進み、文七の家のある路地に向かった。
文七の家のある路地の出入口には、縞《しま》柄の紺の半纏を着た男がいた。
何だ……。

左近は眉をひそめた。
縞の半纏を着た男は、路地の奥にある文七の家を窺っているのか……。
左近は見守った。
縞の半纏を着た男は、急に路地の出入口から離れて物陰に隠れた。
どうした……。
左近は、路地を見た。
おすみと子供の文吉が、手を繋いで買物に出掛けて行った。
縞の半纏を着た男は、おすみと文吉を見送って薄笑いを浮かべた。
やはり、おすみを窺っていた。
左近は見定めた。
縞の半纏を着た男は、踵を返して路地の出入口から立ち去った。
文七の失踪と拘わりがあるのか……。
何者か見届ける。
左近は、縞の半纏を着た男を追った。

二

日本橋川に架かっている日本橋は、行き交う人で賑わっていた。
縞柄の紺半纏を着た男は、日本橋の南詰にある高札場《こうさつば》の傍の茶店に入った。
左近は、茶店を窺った。
縞の半纏を着た男は、茶店の奥の縁台で着流しの侍と何事かを話していた。
何者だ……。
左近は、物陰から着流しの侍を見詰めた。
次の瞬間、着流しの侍は、左近の方に鋭い視線を向けた。
左近は、素早く物陰に隠れた。
着流しの侍は、左近に気が付かずに縞の半纏の男との話に戻った。
危なかった……。
左近は、着流しの侍がかなりの遣い手だと睨んだ。
僅かな刻が過ぎた。
着流しの侍は、縞の半纏を着た男を残して茶店を出た。そして、塗笠を目深に被って日本橋に向かった。
追う……。
左近は、着流しの侍を追った。

着流しの侍は、日本橋を渡って賑わう通りを神田八ツ小路に進んだ。
左近は、人混みに紛れて慎重に尾行た。
室町《むろまち》、本町《ほんちょう》、十軒店《じっけんだな》、本銀町《ほんしろがねちょう》、そして神田鍛冶町《かじちょう》、鍋町《なべちょう》、通新石町《とおりしんこくちょう》……。
着流しの侍は進み、神田須田町《すだちょう》の手前を西に曲がった。
西に曲がれば神田連雀町《れんじゃくちょう》だ。
左近は、足取りを速めた。そして、須田町の手前を西に曲がった。
着流しの侍の姿は見えなかった。
左近は、神田連雀町に進んだ。
だが、やはり着流しの侍は何処にもいなかった。
既に何処かの家に入ったのか、撒かれたのか……。
撒いて逆を取り、秘かに俺を見張っているのかもしれない……。
左近は、秘かに着流しの侍の気配を捜した。

だが、周囲の何処にも、着流しの侍の気配はなかった。

左近は見定め、神田連雀町から神田八ツ小路に向かった。

神田八ツ小路には多くの人が行き交っていた。

左近は、神田八ツ小路を横切り、神田川沿いの柳原通りに向かった。

柳原通りは両国《りょうごく》広小路に続いている。

左近は、尾行して来る者の気配を探りながら柳原通りを進んだ。

尾行て来る者の気配はない……。

着流しの侍は、左近の尾行に気が付いたのではなく、一足早く何処かの家に入ったのだ。

左近は睨んだ。


夕暮れ時。

左近は、客で賑わう居酒屋で房吉と落ち合った。

「縞柄の紺の半纏を着た男がおすみさんを見張っていたんですか……」

房吉は眉をひそめた。

「ええ。それから、日本橋の高札場の傍の茶店で着流しの侍と落ち合いまして ね」

「着流しの侍……」

「ええ。それで着流しの侍の後を尾行たんですが、見失いました」

「見失ったって、左近さんが……」

房吉は、戸惑いを浮かべた。

「ええ。かなりの遣い手でしてね。慎重過ぎたのかもしれません」

左近は苦笑した。

「そうでしたか……」

「して、唐物屋は如何《いかが》でした……」

左近は尋ねた。

「いろいろ訊き廻ったんですがね。今のところは此《これ》と云って面白い唐物屋は ……」

「ありませんか……」

「ですが、面白い話は聞きましたよ」

房吉は、小さな笑みを浮かべた。

「ええ。南蛮渡りの紅玉《こうぎょく》（ルビイ）や緑玉《りょくぎょく》（エメラルド）、青玉《せいぎょく》（サファイヤ）を使った帯留《おびどめ》や簪が秘かに出廻っているそうですよ」

「南蛮渡りの紅玉や緑玉や青玉……」

左近は眉をひそめた。

「ええ……」

房吉は頷いた。

「ひょっとしたら抜け荷の品ですか……」

「ええ。南蛮渡りの宝石には御禁制の品もありますからね……」

「して、その帯留や簪を扱っているのは、唐物屋なのですか……」

「きっと。で、何処の唐物屋なのか、探しているところです」

「で、帯留や簪となると錺職ですか……」

左近は読んだ。

「ええ……」

「錺職の文七さんの失踪と拘わり、ありそうですね」

左近は睨んだ。

「面白い話……」

鉄砲洲波除稲荷の赤い幟旗《のぼりばた》は、夜風に揺れていた。
左近は、亀島町《かめじまちょう》川通りを稲荷橋に進んだ。
稲荷橋は八丁堀が亀島川と合流する処《ところ》に架かっており、鉄砲洲波除稲荷の傍にあった。
左近は、稲荷橋に差し掛かった。
刹那、鋭い殺気が左近を襲った。
左近は跳んだ。
手裏剣が飛来し、左近のいた場所の傍の欄干に突き刺さった。
忍び……。
左近は、稲荷橋の袂の木陰に身を潜め、手裏剣が投げられた場所を探した。
鉄砲洲波除稲荷の幟旗が、夜風にはためく音が聞こえた。
何処かの忍びの者が、左近の正体を突き止めようとしている。
左近は、忍びの者の狙いを読んだ。そして、拳大の石を拾って八丁堀に投げ込んだ。
水音が鳴った。

鉄砲洲波除稲荷の闇が揺れた。
左近は、揺れた闇に石を放った。
石は、揺れた闇を鋭く貫いた。
忍びの者が闇から現れ、猛然と左近に斬り掛かった。
左近は、無明刀を無雑作《むぞうさ》に抜き放った。
閃光が走った。
忍びの者は、斜に斬り上げられて仰け反り、亀島川に転落した。
水飛沫が上がった。
左近は、鋒《きつさき》から血の滴る無明刀を提《さ》げ、周囲の闇を窺った。
殺気もなければ、潜んでいる忍びの者の気配もなかった。
此迄か……。
左近は、無明刀に拭いを掛けて鞘に納め、公事宿『巴屋』の持ち家に急いだ。

公事宿『巴屋』の家に不審なところはなかった。
左近は、居間の行燈に火を灯した。
忍びは裏柳生か黒脛巾組の者……。

裏柳生は、捕らえた伊達小五郎を助け出したのが公事宿の者だと気が付き、左近に探りを入れてきたのかもしれない。

それとも、黒脛巾組が小五郎を助け出した日暮左近を忍びの者だと睨んでの所業なのかもしれない。

何《いず》れにしろ、左近の素性が割れ始めたのだ。

裏柳生と黒脛巾組……。

どちらにしろ、錺職の文七捜しには邪魔なだけだ。

しかし、帯留や簪に使われている南蛮渡りの紅玉、緑玉、青玉が抜け荷の品だったら黒脛巾組や裏柳生が拘わって来るのだ。

素性の洗い出しを命じた者は、忍びの者が帰らない事から左近が忍びだと気が付いた筈だ。

左近は読んだ。

命じた者がどう出るか分からないが、錺職の文七を捜し出して女房子供の許に連れ戻さなければならない。

左近は、行燈の火を吹き消した。

家の中は、一瞬にして闇に満ち溢れた。

左近は、満ち溢れた闇の中を座敷の押入れに向かった。

又、現れる……。

左近は、元浜町の文七の家を見張り、縞柄の紺色半纏を着た男の来るのを待った。

路地奥の文七の家では、おすみが文吉の世話をしながら井戸端で洗濯や食事の仕度に忙しく働いていた。

刻が過ぎた。

縞の紺の半纏を着た男がやって来た。

現れた……。

左近は、縞の半纏を着た男を見守った。

縞の半纏を着た男は、警戒するように辺りを見廻して薄笑いを浮かべた。そして、路地の奥の井戸端で洗い物をしているおすみを眺めた。

おすみの動きを窺い、家の周囲に見張っている者がいないか見定めようとしている。

左近は読んだ。

縞の半纏の男は、薄笑いを浮かべて路地の出入口から離れた。

よし……。

左近は、路地の向かい側にある店の屋根から下り、塗笠を目深に被って縞の半纏を着た男を追った。


縞の半纏を着た男は、日本橋の通りに向かっていた。

又、日本橋の高札場の傍の茶店で着流しの浪人と逢うのか……。

左近は読んだ。

縞の半纏を着た男は、日本橋の通りに出て神田八ツ小路に向かった。

日本橋の高札場の傍の茶店ではない……。

左近は、微かな緊張を覚えた。

縞の半纏を着た男は、通りを進んで神田須田町の手前を西に曲がった。

着流しの浪人の道筋と同じだ。

左近は、縞の半纏を着た男を慎重に尾行《つけ》た。

縞の半纏を着た男は、神田連雀町に進んだ。

左近は尾行た。

神田連雀町は、着流しの侍を見失った処だ。

縞の半纏を着た男は、着流しの侍が入った処に行くのかもしれない。

左近は追った。


縞の半纏を着た男は、連雀町の外れにある店の暖簾を潜った。

左近は見届け、縞の半纏を着た男の入った店に近付いた。

店には唐物屋『湊《みなと》堂』の看板が掲げられていた。

「唐物屋湊堂……」

左近は、塗笠を僅かに上げて眺めた。

縞の半纏を着た男は、唐物屋『湊堂』に入ったのだ。

着流しの侍も此処を訪れたのか……。

左近は、唐物屋『湊堂』を窺った。

唐物屋『湊堂』の戸口には『異国新渡奇品珍品類』と書かれた看板が掛けられ、店内には羅紗《らしゃ》や呉絽《ごろ》などの布、玻璃《はり》の大瓶や大皿などの他、珊瑚《さんご》や水晶の置物などが飾られていた。

店では番頭と手代が客の相手をしているだけで、縞の半纏を着た男はいなかった。
縞の半纏を着た男は、奥で誰かと逢っているのかもしれない。
左近は、想いを巡らせた。
唐物屋『湊堂』とは、どのような店なのだ。
左近は、辺りを見廻した。
神田八ツ小路の方から房吉がやって来た。
左近は房吉に向かった。
房吉は、左近に気が付いて立ち止まった。
左近は、房吉に目配せをして通り過ぎた。
房吉は、左近に続いた。
神田連雀町の通りは、神田八ツ小路の八つある道筋の一つだ。
左近は、房吉を神田八ツ小路の傍にある大名屋敷の土塀際に誘った。
そこから唐物屋『湊堂』が見えた。
「左近さん……」

房吉は、戸惑いを浮かべた。

「唐物屋の湊堂ですか……」

「ええ。例の紅玉や緑玉の帯留や簪、出処は湊堂かも……」

「やはり……」

左近は眉をひそめた。

「左近さんは……」

「縞の半纏を着た男が又、おすみさんの処に現れましてね。追って来たら湊堂に……」

左近は、唐物屋『湊堂』を眺めた。

「そうでしたか……」

「どうやら、湊堂、文七さんの失踪に絡んでいるようですね」

「だとしたら、南蛮渡りの紅玉や緑玉で帯留や簪を作ったのは文七さんですか……」

「かもしれません。そして、湊堂の背後には松宮藩と仙台藩が控えていますか……」

左近は読んだ。

「左近さん。じゃあ、文七さんの失踪には仙台藩が……」

房吉は、厳しさを滲ませた。

「そいつは確かめてみます……」

左近は、小さな笑みを浮かべた。

錺職の文七失踪の一件には、仙台藩の抜け荷が拘わっている。それは、伊達家黒脛巾組と裏柳生の忍びの闘いに否応《いやおう》なしに巻き込まれるという事なのかもしれない。

錺職の文七は、自分が抜け荷の品に拘わるのを知り、公儀に露見した時、おすみに累《るい》が及ばないように三行半を残して姿を消した。

左近は睨んだ。

「左近さん……」

房吉が唐物屋『湊堂』を示した。

唐物屋『湊堂』から縞の半纏を着た男が出て来た。

左近は見守った。

縞の半纏を着た男は、軽い足取りで神田八ツ小路に向かって来た。

左近と房吉は、前を通り過ぎて行く縞の半纏を着た男を何気なく見送った。

縞の半纏を着た男は、神田八ツ小路を神田川に架かっている昌平橋《しょうへい》に向かった。

「締め上げてみます……」

左近は告げた。

「じゃあ、あっしは湊堂を……」

房吉は頷いた。

左近は、房吉を残して縞の半纏を着た男を追った。

神田川の流れは煌めいていた。

縞の半纏を着た男は、軽い足取りで昌平橋を渡り、明神下の通りから神田明神に進んだ。

着流しの侍か誰かと逢うのか……。

左近は尾行た。

神田明神は参拝客で賑わっていた。

縞の半纏を着た男は、神田明神の本殿に手を合わせて門前町に向かった。

左近は追った。

縞の半纏を着た男は、門前町の片隅にある一膳飯屋に入った。

誰かと落ち合うのか……。

左近は、一膳飯屋の前で訪れる客を見守った。だが、着流しの侍も誰も訪れる客はいなかった。

よし……。

左近は、塗笠を取って一膳飯屋に入った。


「いらっしゃいませ……」

老亭主が左近を迎えた。

「うん……」

左近は、素早く店内を窺った。

縞の半纏を着た男は、店内の隅で一人で酒を飲んでいた。

「酒を頼む……」

左近は、老亭主に酒を注文して縞の半纏を着た男の背後に座った。

縞の半纏を着た男は、左近を一瞥《いちべつ》して酒を飲み続けた。

「お待たせ……」

老亭主が、左近に酒を持って来た。

「うん……」

左近は、手酌で酒を飲み始めた。

「親父、酒をくれ……」

縞の半纏を着た男は、老亭主に注文した。

「羽振りが良いな、伊吉《いきち》……」

老亭主は苦笑した。

「ああ……」

縞の半纏を着た男は笑った。

伊吉……。

左近は、縞の半纏を着た男の名を知った。

伊吉は酒を飲んだ。

刻が過ぎ、伊吉は一膳飯屋を出た。

左近は、塗笠を目深に被って一膳飯屋を出た。

「伊吉……」

左近は、伊吉を呼び止めた。

伊吉は、怪訝な面持ちで振り返った。

左近は、伊吉に苦無を突き付けて狭い路地に引き摺り込んだ。

伊吉は、逃げようと抗《あらが》った。

「動くな。動けば命はない……」

左近は、伊吉を押さえて苦無を脇腹に浅く突き刺した。

伊吉は、顔を歪《ゆが》めて喉を鳴らした。

「伊吉、唐物屋の湊堂は何をしている」

左近は訊いた。

「し、知らねえ……」

伊吉は、苦しげに声を引き攣《つ》らせた。

「死に急ぐか……」

左近は、脇腹に刺した苦無を押した。

「み、湊堂は仙台藩の御用で動いている……」

伊吉は、嗄《しやが》れ声を震わせた。

「やはり仙台藩か。で、お前は何をしている」

「文七って錺職の女房が役人に報せていないか、探っている……」

左近は、伊吉が文七の女房おすみを見張る理由を知った。

「ならば、文七さんは何処にいる……」

「知らねえ……」

「本当か……」

左近は、脇腹に突き刺した苦無を動かした。

「せ、仙台藩の中屋敷らしい……」

伊吉は、顔を歪めて嗄れ声を震わせた。

「仙台藩の中屋敷……」

文七は、大名小路の仙台藩江戸中屋敷で抜け荷した紅玉、緑玉、青玉などを使って帯留や簪などを作らされているのだ。

左近は知った。

「ならば、着流しの侍は何者だ……」

「仙台藩の黒木《くろき》さま……」

「仙台藩の黒木……」

黒脛巾組の忍びの者かもしれない。

左近は読んだ。
「はい……」
伊吉は、激しく震えた。
左近は、伊吉の脇腹から苦無を引き抜いて当て落とした。
伊吉は呻《うめ》き、気を失って崩れ落ちた。
左近は、路地から素早く立ち去った。

三

唐物屋『湊堂』には客が出入りしていた。
房吉は、見張りながら唐物屋『湊堂』について調べた。
唐物屋『湊堂』の主は藤十郎《とうじゅうろう》と云い、白髪の年寄りであり、商売上手と評判だった。
房吉は、見張り続けた。
羽織を着た白髪の年寄りが、番頭に見送られて唐物屋『湊堂』から出て来た。
唐物屋『湊堂』主の藤十郎だ。

房吉は見定めた。

藤十郎は、番頭に何事かを言い付けて通りに向かった。

房吉は追った。


愛宕下大名小路は静けさに満ちていた。

左近は、仙台藩江戸中屋敷を眺めた。

仙台藩江戸中屋敷には、黒脛巾組の忍びの結界が張られていた。

黒脛巾組の結界は、南隣の柳生藩江戸上屋敷に対して張られている。

左近は睨んだ。

柳生藩江戸上屋敷には、おそらく裏柳生の忍びの者が詰めており、水面下での暗闘が続いているのだ。

錺職の文七は、何らかの理由で仙台藩の中屋敷で帯留や簪を作っているのだ。

何れにしろ、中屋敷に忍び込んで文七を見定めなければならない。

だが、黒脛巾組の結界が厳しく張られている限り、下手な忍び込みは文七の身に災いを及ぼすだけだ。

文七を捜すのは、黒脛巾組の結界を崩した隙を衝くしかないのだ。

どうする……。

裏柳生の忍びを動かすしかないかもしれない。

左近は思案した。

何れにしろ夜だ……。

左近は決めた。

羽織を着た白髪の年寄りが、大名小路をやって来た。

左近は、物陰に隠れた。

羽織を着た白髪の年寄りは、仙台藩江戸中屋敷の表門脇の潜り戸を叩き、顔を見せた門番に何事かを告げた。

潜り戸が開き、羽織を着た白髪の年寄りは仙台藩江戸中屋敷に入った。

左近は物陰を出た。

「左近さん……」

房吉が駆け寄って来た。

「房吉さん……」

「今の白髪頭の年寄りが唐物屋湊堂の主の藤十郎ですぜ」

房吉は告げた。

「湊堂の藤十郎……」

左近は眉をひそめた。

「ええ。やはり、湊堂、仙台藩と繋がっていましたね」

房吉は、仙台藩江戸中屋敷を眺めた。

「ええ。錺職の文七さん、どうやら此の仙台藩の中屋敷にいるようです」

左近は、伊吉に聞いた事を房吉に話した。

半刻《はんとき》（一時間）が過ぎた。

『湊堂』藤十郎が、風呂敷包みを手にして仙台藩江戸中屋敷から出て来た。

左近と房吉は見守った。

藤十郎は、大名小路を外濠久保丁原に戻って行った。

「じゃあ、追います」

「気を付けて……」

房吉は、左近を残して藤十郎を追った。

陽は西に大きく傾いた。

三縁山《さんえんざん》増上寺は、子《ね》の刻九つ（午前零時）の鐘の音を夜空に響かせた。

大名小路は静寂に満ち、連なる大名屋敷は眠りに沈んでいた。

左近は、忍び装束に身を固めて旗本屋敷の屋根に忍んでいた。

向かい側には仙台藩江戸中屋敷と柳生藩江戸上屋敷があり、互いに結界を張って睨み合っていた。

柳生藩江戸上屋敷には、裏柳生の直弥や片平半蔵がいるのかもしれない。そして、仙台藩の中屋敷には、おそらく道鬼の代わりの黒脛巾組の新しい頭と黒木という侍がいる筈だ。

左近は読んだ。

何れにしろ、黒脛巾組の結界を崩すには嚙み合わせるしかない。

左近は苦笑し、仙台藩江戸中屋敷の土塀に結界を張っている黒脛巾組の忍びの者に棒手裏剣を放った。

黒脛巾組の忍びの者は、棒手裏剣を首に受けて倒れ、結界を大きく揺らした。

左近は、直ぐに柳生藩江戸上屋敷に結界を張る裏柳生の忍びの者にやはり棒手裏剣を投げた。

裏柳生の忍びの者は倒れ、やはり結界が崩れた。

黒脛巾組の忍びと裏柳生の忍びは、それぞれの屋敷の崩れた結界に駆け付けた。

結界は崩れ、破れた。

黒脛巾組の忍びと裏柳生の忍びは、仲間の死を互いの仕業だと睨んで闘い始めた。

手裏剣が飛び交い、苦無や刃が煌めいた。

殺し合いは、音も言葉もない沈黙の中で繰り広げられた。

左近は、結界の手薄になった処から仙台藩江戸中屋敷に忍び込んだ。

仙台藩江戸中屋敷に詰めている家来たちは、殺し合っている黒脛巾組の忍びの者を余所《よそ》に眠り込んでいた。

左近は、北側の土塀の暗がりから作事《さくじ》小屋の屋根に上がり、土蔵の屋根に跳んだ。

そして、土蔵の屋根に忍んで仙台藩江戸中屋敷を見廻した。

表御殿に奥御殿、表門と左右に続く中間長屋と侍長屋、重臣たちの屋敷、厩《うまや》、小者長屋、作事小屋、炭小屋などがあり、南側の土塀には殺気が渦巻いていた。

文七は何処にいる……。

左近は、文七の居場所を探して小者の長屋に跳んだ。

小者長屋は寝静まっていた。

左近は、小者長屋の一軒の家に忍び込んだ。

小者は、鼾《いびき》を掻いて眠り込んでいた。

左近は、眠っている小者に忍び寄って背後から首を絞めた。

小者は、眼を覚まして跳び起きようとした。

「動くな……」

左近は、背後から囁いた。

小者は、息を呑んで凍《い》て付いた。

「動けば、首の骨を折る……」

「は、はい……」

左近の囁きに、小者は恐怖に震えながら頷いた。

「文七は何処にいる……」

左近は尋ねた。

「ぶ、文七……」

小者は、声を震わせた。

「銹職の文七だ」

左近は、小者の首を絞めた。

「ああ。銹職なら黒木兵部《ひょうぶ》さまの御屋敷です」

小者は苦しげに声を引き攣らせた。

「黒木兵部さま……」

着流しの侍だ。

左近は気が付いた。

「はい……」

「黒木兵部さまとは何者だ……」

「お目付《めつけ》さまです」

「目付……」

黒木兵部は、仙台藩目付なのだ。

「文七、黒木の屋敷にいるのに間違いないな」

「は、はい。食事を運んでいますので……」

小者は頷いた。

「そうか。して、黒木の屋敷は……」

「表御殿の北にある重臣屋敷です」

錺職の文七は、目付の黒木兵部の重臣屋敷にいる。

左近は知った。

「そなた、名は……」

「い、市松《いちまつ》……」

「市松、此の事を黒木に報せればお前は手討ちにされる。此処は何もかも忘れろ。そいつが身の為だ。良いな……」

左近は、云い聞かせた。

「は、はい……」

市松は、震えながら頷いた。

刹那、左近は市松を当て落とした。そして、気を失った市松を蒲団に寝かせて消えた。

南側の土塀では、沈黙の殺し合いが続いているようだ。

左近は、表御殿の北にある重臣屋敷に走った。

北の重臣屋敷は二軒並んでいた。

どちらかが目付の黒木兵部の屋敷で、錺職の文七がいる。

左近は、並ぶ重臣屋敷を窺った。

寝間着姿の武士が刀を手にして重臣屋敷の前に佇み、南の夜空を鋭い眼差しで見詰めていた。

左近は咄嗟に己の気配を消して、佇む武士を窺った。

黒木兵部……。

刀を手にして佇む武士は、仙台藩目付の黒木兵部だった。

黒木は、柳生藩江戸上屋敷と接している南の土塀界隈で、忍び同士の殺し合いが行なわれているのに気が付き、全身に緊張を漲《みなぎ》らせていた。

迂闊《うかつ》に忍び込めない……。

忍び込んで気が付かれれば、文七は直ぐに口を封じられるかもしれない。

左近は、黒木屋敷に忍び込むのを迷い、躊躇《ためら》った。

南側の土塀一帯で殺気は渦巻いていた。

忍び同士の沈黙の殺し合いは、非情で苛烈《かれつ》に繰り広げられていた。

裏柳生の忍びの者が二人、続け様に弾き飛ばされた。

近くにいた裏柳生の忍びの者は、跳び退いて身構えた。

顔に半頬《はんぼお》を着けた忍びの者が闇から現れ、千鳥鉄《ちどりがね》を一閃した。

千鳥鉄の先から鎖が伸び、先に付いている分銅が裏柳生の忍びの者を弾き飛ばした。

裏柳生の忍びの者たちは、一斉に柳生藩江戸上屋敷の土塀際に退いた。

半頬の忍びの者は、土塀の上に立って黒脛巾組の忍びに合図をした。

黒脛巾組の忍びは、一斉に仙台藩江戸中屋敷に退いた。

殺気は鎮まった。

「裏柳生の直弥はいるか……」

半頬の忍びの者は、裏柳生の忍びの者たちに呼び掛けた。

直弥が夜空から合羽を広げて現れ、柳生藩江戸上屋敷の土塀の上に立った。

「直弥か……」

半頬の忍びの者は、直弥を見据えた。

「お前は……」

直弥は、厳しく見返した。

「黒脛巾組の玄鬼《げんき》……」

半頰の忍びの者は名乗った。

「玄鬼、道鬼の代わりか……」

直弥は、冷笑を浮かべた。

「ああ。お前が片平半蔵の代わりのようにな」

玄鬼は告げた。

「して……」

直弥は、話の先を促した。

「此処で小競《こぜ》り合《あ》いを続けても決着はつかぬ。今夜は此迄だ……」

玄鬼は告げた。

「良かろう……」

直弥は頷いた。

「ならば……」

玄鬼と直弥は、同時に土塀の内側に跳び下りて消えた。

鎮まっていた殺気は消えた。

殺気は消えた……。

左近は気が付いた。
黒木兵部は、緊張を解いた。
顔に半頰を着けた忍びの者が現れた。
「鎮まったか、玄鬼……」
黒木は、顔に半頰を着けた忍びの者に訊いた。
顔に半頰を着けた忍びの者は玄鬼……。
左近は知った。
「うむ。裏柳生の直弥と後刻、決着をつけると約束してな」
玄鬼は、声に笑いを含ませた。
「そうか……」
黒木は頷き、重臣屋敷に入って行った。
玄鬼は続いた。
左近は、隠形を解いた。
仙台藩江戸中屋敷には、再び黒脛巾組の結界が張り巡らされた。
どうする……。
黒木兵部の重臣屋敷に忍び、文七を捜し出し、連れて逃げるのは黒木や玄鬼がいる限り難しい。

かといって、仙台藩江戸中屋敷から脱出し、再び忍び込むのも難しい。

左近は、事態を読んだ。

仙台藩江戸中屋敷で最も警戒の緩いのは何処か……。

左近は、想いを巡らせた。

仙台藩江戸中屋敷は、静寂と黒脛巾組の結界に覆われた。


左近が消えた……。

房吉は、仙台藩江戸中屋敷を眺めた。

左近は、錺職の文七が仙台藩江戸中屋敷にいると知り、何らかの手立てを使って忍び込んだ筈だ。

房吉は見守った。

仙台藩江戸中屋敷の中間小者の動きに変わった様子は窺えなかった。

左近は、公事宿『巴屋』、鉄砲洲波除稲荷傍の家にも現れなかった。

どうしたのだ……。

房吉は、微かな苛立ちと焦りを覚えた。

仙台藩江戸中屋敷の奥御殿は、藩主一族の者が暮らしておらず、人気のない冷ややかな気配に満ちていた。

冷ややかな気配が満ちているのは、護るべき者のいない証であり、奥御殿の警戒は黒脛巾組の忍びではなく、家来たちの緩いものでしかないのだ。

左近は、奥御殿の藩主御座之間《ござのま》の近くに忍んでいた。

仙台藩江戸中屋敷には、留守居番頭《るすいばんがしら》と中屋敷詰の僅かな家来と中間小者たちに奉公人、そして、目付の黒木兵部と伊達家黒脛巾組の玄鬼と忍びの者がいる。

左近は下男に扮《ふん》し、竹箒《たけぼうき》を手にして中屋敷内を進み、黒木兵部の重臣屋敷を窺った。

黒木の重臣屋敷には、黒木と下男が暮らしており、食事は中屋敷の厨《くりや》から運ばれていた。

膳は、下男と市松たち小者によって三人分が運ばれていた。

黒木の住む屋敷には、黒木と下男の他にもう一人いるのだ。

それが錺職の文七……。

左近は睨んだ。

そして、文七を伴って黒脛巾組の忍びの結界から無事に逃げる手立てを探した。

左近は、掃除をしながら仙台藩江戸中屋敷を歩き廻った。

黒脛巾組の忍びの者や中屋敷詰の家来たちは、左近が潜入しているとは思ってもいないのだ。

左近は、中屋敷の建物の配置や黒脛巾組の結界の張り方などを詳しく探った。


黒木兵部は、下男に見送られて出掛けた。

下男は黒木を見送り、作事小屋で他の小者たちと仕事を始めた。

今だ……。

左近は、黒木の住む重臣屋敷に忍び込んだ。

黒木の住む重臣屋敷は静けさに満ちていた。

左近は、五感を研ぎ澄ませた。

屋敷の奥から、人の息遣いと物音が微かに聞こえた。

左近は、屋敷の奥に進んだ。

人の息遣いと物音は、屋敷の奥の部屋から聞こえていた。

左近は、奥の部屋の板戸を僅かに開けて中を窺った。

無精髭を伸ばした男が、紅玉を使って帯留を作っていた。

錺職の文七……。

左近は睨み、音もなく奥の部屋に入った。

文七は、左近に気が付かずに仕事を続けていた。

左近は、天井や床下、壁の向こうに黒脛巾組の忍びの者の気配を探した。だが、何処にも黒脛巾組の忍びの者が忍んでいる気配はなかった。

左近は見定めた。

「文七さん……」

左近は、静かに声を掛けた。

「はい……」

文七は、紅玉を細工する手許を見詰めたまま返事をした。

「おすみさんと文吉が帰りを待っている……」

左近は囁いた。

「えっ……」

文七は驚き、振り返った。

「私はおすみさんに文七さんを捜してくれと頼まれた公事宿の者……」

左近は、静かに云い聞かせた。

「おすみに……」

文七は、顔を歪めた。

「如何《いか》にも……」

「でも、あっしは三行半を……」

「おすみさんは、三行半を信じてはいない」

左近は告げた。

「そ、そんな……」

文七は狼狽《うろた》えた。

「文七さんも本意ではない筈だ」

左近は読んだ。

「は、はい……」

文七は、哀しげに頷いた。

「文七さん、何故《なにゆえ》、抜け荷の品の紅玉や緑玉で帯留や簪を作るのだ」

「そ、それは……」

文七は項垂《うなだ》れた。

「それは何です……」

「作らなければ、若い頃、名のある香炉の贋物を作って高値で売った事を町奉行所に訴えると……」

「脅されたのですか……」

「はい……」

「脅したのは誰です」

「唐物屋湊堂の旦那……」

「藤十郎ですか……」

「は、はい……」

「して、藤十郎に此処に連れて来られて、抜け荷の品の紅玉などを使って帯留や簪を作らされましたか……」

「はい。それで、御公儀に知れてお縄になった時、おすみに累《るい》が及ばないように……」

「三行半を残しましたか……」

「はい……」

文七は、俯《うつむ》いて涙を零《こぼ》した。

左近は、文七を哀れんだ。

四

目付の黒木兵部がいなくても、玄鬼たち黒脛巾組の忍びがいる限り、文七を連れて仙台藩江戸中屋敷から脱け出すのは難しい。

黒木兵部と玄鬼たち黒脛巾組の忍びを中屋敷から引き離し、その時に文七を連れて脱け出す。

脱出しても文七の家が知れている限り、追手《おって》は掛かり、おすみや文吉を危険に晒す。

先《ま》ずは、文七とおすみ文吉親子の隠れる家を用意しなければならない。

そいつは、彦兵衛の旦那と房吉に頼むしかない。

よし……。

左近は決めた。

昼下がり。

仙台藩江戸中屋敷には、魚屋や野菜売りたちが出入りし始めた。

黒脛巾組の忍びの結界は、来る者に向けて厳しく、出る者には緩やかだった。

左近は、出入りを許された行商人たちに紛れて中屋敷を出た。


公事宿『巴屋』の旦那の彦兵衛と下代の房吉は、現れた左近に安堵した。

「何処にいたんですか、左近さん……」

房吉は眉をひそめた。

「仙台藩の中屋敷に忍んでいました」

左近は笑った。

「中屋敷に……」

房吉と彦兵衛は、左近の大胆さに驚いた。

「ええ。で、中屋敷内の黒木兵部と申す目付の屋敷に文七さんはいました」

左近は報せた。

「文七さん、いましたか……」

彦兵衛は、身を乗り出した。

「ええ。抜け荷の品の紅玉や緑玉で帯留や簪を作らされていましたよ」

「そうですか……」

彦兵衛は頷いた。

「ええ。文七さん、若い頃の悪事を町奉行所に訴えると、唐物屋の湊堂藤十郎に脅されての事だそうです」

「それで三行半ですか……」

「悪事に荷担したのが町奉行所に知れ、おすみさんや子供の文吉に累が及ぶのを恐れての三行半です」

「そうですか。で、どうします」

彦兵衛は尋ねた。

「文七さんを助け出したところで追手は掛かります。先ずは、女房のおすみさんと子供の文吉を奴らの知らぬ、安全な処に移すのが先です」

左近は告げた。

「旦那……」

房吉は、彦兵衛の判断を待った。

「うん。分かりました。おすみさんと文吉を一刻も早く安全な処に移しましょう」

彦兵衛は頷いた。

「そうですか。ならば、おすみさんと文吉を直ぐに連れて来ます」

左近は笑みを浮かべた。


浜町堀を遡《さかのぼ》って来た屋根船は、千鳥橋の船着場に船縁を寄せた。

「着きましたぜ……」

房吉は櫓《ろ》を置き、障子の内に声を掛けて屋根船を舫《もや》い始めた。

おりんが、障子の内から現れた。

「じゃあ、行って来ますよ」

おりんは屋根船を下り、軽い足取りで浜町堀沿いの道に上がった。

「気を付けて……」

房吉は見送った。


おりんは、元浜町の裏通りに進んだ。

塗笠を目深に被った左近が現れ、おりんに並んだ。

「辺りに不審な者はいない。おすみさんと文吉は家にいる……」

左近は、おりんに囁いた。

おりんは頷き、裏通りを進んだ。

「文七さんの家は、次の路地の奥……」

左近は囁き、おりんの傍から離れた。

おりんは、裏通りの路地に入って奥に進んだ。


おりんは、路地奥の家の腰高障子を静かに叩いた。

「はい……」

女の声がした。

おすみさんだ……。

「おすみさん、公事宿巴屋の者です」

おりんは告げた。

「巴屋の……」

おすみは、腰高障子を開けて顔を見せた。

「お邪魔しますよ」

おりんは、素早く家に入って腰高障子を後ろ手に閉めた。

「あの……」

おすみは、戸惑いを浮かべた。

「公事宿巴屋のおりんと申します」

おりんは微笑んだ。

「おりんさん。で、何か……」

おすみは、文吉を膝に抱いた。

「文七さんが見付かりましたよ」

「文七、見付かったんですか……」

おすみは、喜びに顔を輝かせた。

「ええ。悪い奴に脅され、抜け荷の紅玉や緑玉を使った帯留や簪を作らされていましたよ」

「そんな……」

おすみは眉をひそめた。

「それで、事が御公儀に露見した時、おすみさんに累が及ぶのを恐れ、三行半を書いたそうですよ」

おりんは、おすみに笑い掛けた。

「そうでしたか……」

おすみは、小さな笑みを浮かべた。

「それで、おすみさん。うちの者が文七さんを助け出します。その時、悪い奴らは、おすみさんや文吉ちゃんに何をするか分かりません。ですから、秘かに此処から移ってもらいますよ」

「は、はい。でも、何処に……」

「それは、秘中の秘。うちの彦兵衛しか知らないんですよ」

おりんは笑った。

「そうなんですか……」

「さあ、荷物を纏《まと》めて下さいな」

おりんは告げた。

「は、はい……」

おすみは頷いた。


陽は大きく西に傾いた。

浜町堀に架かっている千鳥橋の下の船着場では、船頭に扮した房吉が舫った屋根船の舳先で煙草を燻《くゆ》らせていた。

「房吉さん……」

おりんが、風呂敷包みを持って駆け下りて来た。

「そいつは……」

「おすみさんが荷物を持って出れば人目に付きますからね」

「じゃあ、おすみさんの荷物ですか……」

「ええ。じゃあ、お願い……」

おりんは、房吉に荷物を渡して戻って行った。

房吉は、荷物を障子の内に入れた。


左近は、路地奥の文七の家が見える店の屋根に忍んで見張りを続けていた。

縞の半纏を着た伊吉や黒脛巾組の忍びが現れる事はなかった。

左近は、警戒を続けた。

おりんが、文七の家に戻って行った。

おすみは、文吉を連れて身を隠す事にしたようだ。

左近は読んだ。

僅かな刻が過ぎた。

風呂敷包みを持ったおりんが、文吉の手を引いたおすみと一緒に出て来た。

左近は、周囲を窺った。

おりんは、文吉を連れたおすみと千鳥橋の下の船着場に向かった。

尾行《つけ》る者はいない……。

左近は見定め、店の屋根を下りておりんたちに続いた。

屋根船は船着場から離れた。

房吉は、おりんとおすみ文吉母子を屋根船の障子の内に乗せて浜町堀を下り、大川の三ツ俣に向かった。

左近は、千鳥橋の船着場に佇んで追う者がいないのを見定めた。

此《これ》で良い……。

左近は、房吉の操る屋根船を見送った。

次は玄鬼たち黒脛巾組を仙台藩江戸中屋敷から引き離す手立てだ。

裏柳生を使うか……。

左近は苦笑した。

増上寺の鐘は、子の刻九つ（午前零時）を告げた。

矢は夜の闇を貫いて飛んだ。

柳生藩江戸上屋敷の結界は揺れた。

矢は結界の上を越え、前庭の木立の幹に突き刺さった。

裏柳生の忍びの者は、幹に突き刺さった矢に結び文が付けられているのに気が付いた。

「どうした……」

直弥がやって来た。

「はい。結び文です」

忍びの者は、矢から結び文を外して直弥に渡した。

直弥は、結び文を読んだ。

「結び文には何と……」

忍びの者は眉をひそめた。

「神田連雀町の唐物屋湊堂を襲う。一之組《いちのくみ》の者を呼べ」

直弥は命じた。

「はっ……」

忍びの者は走り去った。

「何者の垂れ込みか知らぬが、乗ってみるしかあるまい」

直弥は、嘲笑を浮かべた。

直弥たち裏柳生の忍びは、柳生藩江戸上屋敷の裏手に現れ、無言の内に走り去った。

左近は、闇に忍んで見送った。

そして、結び文を付けた矢を弓に番《つが》えて仙台藩江戸中屋敷に放った。

結び文を付けた矢は、矢羽根を鳴らして仙台藩江戸中屋敷に飛んだ。

僅かな刻が過ぎた。

玄鬼たち黒脛巾組の忍びたちが現れ、寝静まっている大名小路を走り去った。

よし……。

左近は暗がりから現れ、結界の緩んだ仙台藩江戸中屋敷の横手の土塀に跳んだ。

神田八ツ小路は、昼間の賑わいも消えて暗く沈んでいた。

神田連雀町の唐物屋『湊堂』は、直弥たち裏柳生の忍びに取り囲まれた。

唐物屋『湊堂』の大戸の潜り戸は、裏柳生の忍びの者によって簡単に破られた。

直弥は、五人の忍びの者を率いて潜り戸から唐物屋『湊堂』に侵入した。

残った忍びの者たちは、唐物屋『湊堂』の屋根や暗がりに潜み、周囲を警戒した。

仙台藩江戸中屋敷は、結界を張っている黒脛巾組の忍び以外の者は眠り込んでいた。

左近は、表御殿の北にある目付黒木兵部の屋敷に急いだ。

黒脛巾組の忍びの結界や警戒は、屋敷の外に向けられており、左近の邪魔をする者はいなかった。

黒木の屋敷は暗く、寝静まっていた。

鎊職の文七は、黒木の屋敷の奥にいる。

左近は、黒木の屋敷の庭先に忍び込んだ。

黒木の屋敷の座敷には、雨戸が閉められていた。
左近は、問外《といかき》を使って奥の雨戸の猿《さる》を外し、僅かに開けた。
雨戸の中は座敷が続く廊下になっており、闇に満ちていた。
左近は、並ぶ座敷を窺った。
座敷の一つから男の寝息が聞こえた。
黒木兵部か……。
左近は、錺職の文七がいる座敷の奥の部屋を窺った。
奥の部屋からは、明かりが微かに洩れていた。
左近は、廊下に上がって奥の部屋に進んだ。
奥の部屋の板戸に僅かな隙間があり、明かりが微かに洩れていた。
左近は、奥の部屋を覗いた。
奥の部屋では、文七が紅玉や緑玉を使って帯留や簪を作っていた。
左近は、音もなく板戸を開けて素早く入り込んだ。
「文七さん……」
左近は囁いた。

文七は振り向いた。

「公事宿の者です……」

左近は笑い掛けた。

「は、はい……」

文七は、緊張した面持ちで頷いた。

「さあ、おすみさんと文吉の処に行きましょう」

左近は、文七を促した。

「おすみと文吉は何処に……」

「安全で安心な処です。さあ……」

左近は促した。

「はい……」

文七は覚悟を決めて頷き、左近に続いた。

奥の部屋の板戸が開き、左近が文七を連れて廊下に出て来た。

廊下の行く手の闇が揺れた。

左近は、文七を後ろ手に庇《かば》って揺れた闇を見据えた。

揺れる闇から黒木兵部が、刀を手にして現れた。

「裏柳生の忍びか……」

黒木は、左近を見据えた。

「さあて……」

左近は苦笑した。

「おのれ……」

黒木は、素早く踏み込んで左近に斬り掛かった。

左近は、雨戸を蹴破り、文七を連れて庭先に下りた。

黒木は、追って左近に斬り付けた。

左近は、無明刀を閃かせた。

黒木は、跳び退いて躱した。

結界が揺れた。

黒脛巾組の忍びが、左近と黒木の闘いに気が付いたのだ。

文七を連れている限り、手間取ってはいられない。

左近は、無明刀を頭上高く真っ直ぐに構えた。

天衣無縫《てんいむほう》の構えだ。

隙だらけだ……。
黒木は、猛然と左近に向かって走った。
左近は、微動だにしなかった。
黒木は、左近に鋭く斬り付けた。
剣は瞬速……。
無明斬刃《むみようざんじん》……。
左近は、無明刀を真っ向から斬り下げた。
黒木は凍て付いた。
左近は、無明刀を一振りして鞘に納めた。
黒木の額に血が浮かび、一筋の流れとなって滴り落ちた。
「さあ、文七さん……」
左近は、文七を促して裏門に走った。
文七は続いた。
黒木兵部は、横倒しに斃れた。
黒脛巾組の忍びが現れ、左近と文七を追った。

左近は、裏門に結界を張る黒脛巾組の二人の忍びに襲い掛かり、一瞬にして斬り棄てた。そして、裏門を開けて文七を連れて脱出した。

黒脛巾組の忍びは、頭の玄鬼たちもいなく護りを固めるしかなかった。

左近は、文七を連れて大名小路を外濠幸橋御門前の久保丁原に向かって走った。

黒脛巾組の忍びは追って来なかった。

左近は見定め、久保丁原に急いだ。

久保丁原に出た左近は、文七を連れて汐留川沿いの道を芝口《しばぐち》橋に向かった。

芝口橋の船着場には、房吉の操る屋根船が船縁を着けていた。

「こっちですぜ……」

房吉は、火を灯した提灯《ちょうちん》を掲げた。

左近は、文七を連れて芝口橋の船着場に下りた。

「文七さんです」

左近は、房吉に文七を引き合わせた。

「さあ、乗って下さい。おすみさんと文吉ちゃんが待っていますぜ」

房吉は、文七に笑い掛けた。

「お世話になります」

文七は、房吉に頭を下げて屋根船の障子の内に乗った。

「では、私は裏柳生と黒脛巾組を……」

左近は、房吉に告げた。

「承知。じゃあ……」

房吉は、文七を障子の内に乗せて屋根船を三十間堀に向けて漕ぎ出した。

文七は、障子の内から左近に深々と頭を下げた。

左近は見送り、猛然と夜の町を走り出した。


神田連雀町の唐物屋『湊堂』は、直弥たち裏柳生の忍びに蹂躙された。

直弥は、唐物屋『湊堂』主の藤十郎の身を押さえた。

「抜け荷の品の紅玉や緑玉などを帯留や簪に細工して高値で売り捌いているか……」

直弥は、紅玉や緑玉の帯留や簪を手に取って眺めた。

藤十郎は、白髪を振り乱し、悔しげに顔を歪めていた。

「湊堂藤十郎、年甲斐《としがい》もない真似をしたものだな」

直弥は嘲笑した。

「仙台藩は、公儀に眼を付けられた松宮藩を使わずに隠し、とりあえず唐物屋のお前を便利に使ったようだな」

直弥は読んだ。

「仙台藩の江戸での抜け荷の元締は、目付の黒木兵部だな」

直弥は尋ねた。

「さあて、知りませんよ、そんな事……」

藤十郎は嘯《うそぶ》いた。

刹那、直弥の平手が藤十郎の頬を鳴らした。

藤十郎は、白髪を乱して倒れ込んだ。

「年寄りであろうが容赦はせぬ。裏柳生の拷問《ごうもん》蔵に引き立てろ」

直弥は、裏柳生の忍びに命じた。

刹那、殺気が押し寄せた。

黒脛巾組だ……。

「藤十郎は仙台藩の抜け荷の生き証人。急げ」

直弥は焦った。

裏柳生の忍びは、藤十郎を引き立てようとした。
黒脛巾組の忍びが、雨戸を蹴破って襲い掛かって来た。
裏柳生の忍びは、十字手裏剣を放った。
黒脛巾組の忍びは、四方に跳んで躱した。
直弥と裏柳生の忍びは、藤十郎を連れて外に走った。
唐物屋『湊堂』の外には、裏柳生の忍びの者が斃れていた。
直弥と裏柳生の忍びは、藤十郎を連れて走り去ろうとした。
藤十郎は抗った。
次の瞬間、行く手の闇から分銅が鎖を伸ばして飛来し、藤十郎の額を打ち砕いた。
藤十郎は、眼を瞠り、棒立ちになって背後に斃れた。
「藤十郎……」
直弥と裏柳生の忍びは狼狽えた。
半頰を着けた玄鬼が千鳥鉄を手にし、行く手の闇から現れた。
「玄鬼……」

直弥と裏柳生の忍びは身構えた。

黒脛巾組の忍びは、いつの間にか直弥たち裏柳生の忍びを囲み、殺気を放っていた。

「唐物屋湊堂藤十郎、最早《もはや》、邪魔者……」

玄鬼は笑った。

「おのれ……」

直弥は、怒りを滲ませた。

「直弥、決着は後日……」

玄鬼は、冷笑を残して闇に消えた。

闇に潜んでいた黒脛巾組の忍びは、一斉に消え去った。

「おのれ、玄鬼。退け……」

直弥は、裏柳生の忍びに命じた。

裏柳生の忍びは立ち去った。

大店《おおだな》の屋根に忍んでいた左近が立ち上がり、直弥たち裏柳生の忍びを見送った。

どうやら幕引きの時が近付いた……。

左近は、不敵な笑みを浮かべた。

第四話　後始末

一

隅田川には様々な船が行き交っていた。
向島《むこうじま》の土手道沿いには、桜餅で名高い長命寺《ちょうめいじ》があった。
長命寺の脇には小川が流れ、裏には板塀に囲まれた古い家があった。
古い家は、公事宿『巴屋』が預かっている日本橋の呉服屋の隠居所だった。
空き家だった板塀に囲まれた隠居所に、子供の笑い声が響いた。
彦兵衛は、文七おすみと文吉親子を向島の隠居所に匿った。
文七は、久し振りに逢ったおすみに三行半を書いた理由を告げ、泣いて詫びた。
おすみは許した。

文吉は、久し振りに逢った父親の膝に抱かれ、楽しげに笑った。

だが、錺職の文七は、仙台藩の抜け荷の生き証人だ。

仙台藩としては生かしておけぬ者であり、口を封じようと捜す筈だ。

彦兵衛は、房吉と下代見習いの若い衆たちに、文七親子を秘かに護らせた。

文七の三行半の一件は、玄鬼たち黒脛巾組の忍びを叩き潰さない限り、終わったとは云えないのだ。

文七一家の幸せな暮らしを護る……。

左近は、愛宕下大名小路にある仙台藩江戸中屋敷に向かった。

愛宕下大名小路の仙台藩江戸中屋敷は、表門を閉じて静けさに覆われていた。

左近は、仙台藩江戸中屋敷を窺った。

仙台藩江戸中屋敷には、黒脛巾組の厳しい結界が張り巡らされていた。

玄鬼は、目付の黒木兵部を斬り棄てて錺職の文七を連れ去った者がいるのを知った。

それは、剣の遣い手の黒木兵部を真っ向から斬り下げた恐るべき手練《てだ》れなのだ。

何者だ……。

玄鬼は、直弥たち裏柳生の忍びの他にも得体の知れぬ敵がいるのに気が付いた。得体の知れぬ敵は、矢文を射込んだ者かもしれない。そして、玄鬼たちを誘《おび》き出し、手薄になった中屋敷に侵入し、黒木を斃して文七を連れ去った。

もし、そうだとしたなら、直弥たち裏柳生が唐物屋『湊堂』を襲ったのにも絡んでいるのかもしれない。

玄鬼は読んだ。

得体の知れぬ敵は、恐ろしい程の剣の遣い手の忍びの者なのだ。

玄鬼は睨んだ。

だが、目下の敵は、直弥たち裏柳生の忍びだ。裏柳生の背後には、大目付の笠原主水正が控えている。

直弥たち裏柳生を放っておけば、仙台藩の傷は深くなるだけだ。

仙台藩江戸留守居役《るすいやく》の白石織部《しらいしおりべ》は、事の次第を知って抜け荷の品を江戸に運ぶのを止めさせ、玄鬼に一刻も早い裏柳生の忍びの殲滅《せんめつ》を命じた。

玄鬼は、黒脛巾組の忍びに直弥たち裏柳生の忍びたちの動きを探らせた。

仙台藩は鳴りを潜めた。

直弥は、仙台藩の抜け荷の証拠や証人を捜した。

だが、唐物屋『湊堂』藤十郎を殺された今、抜け荷の証人となる者はいなかった。

「裏柳生も昔のような恐ろしさや鋭さはないか……」

大目付の笠原主水正は、裏柳生の総帥柳生竜堂《やぎゅうりゅうどう》に蔑《さげす》みと哀れみを含んだ眼を向けた。

笠原主水正が手を引けば、柳生藩は孤立し、裏柳生は世の忍びの者たちの笑い者になる。

柳生竜堂は焦り、頭の直弥に玄鬼たち黒脛巾組を早々に討ち果たせと命じた。

左近は、旗本屋敷の屋根に忍び、前に並ぶ仙台藩江戸中屋敷と柳生藩江戸上屋敷を見張った。

玄鬼の黒脛巾組と直弥の裏柳生は、互いに隙を窺って睨み合っていた。

玄鬼と直弥は、追い詰められながらも膠着《こうちゃく》状態に陥っている。

左近は読んだ。

ならば、けしかける迄……。

左近は、冷ややかな笑みを浮かべた。

柳生藩江戸上屋敷には、裏柳生の忍びが結界を張っている。

塗笠を目深に被った左近は、増上寺裏門前の柳生藩江戸上屋敷の南側の土塀沿いを進んだ。そして、柳生藩江戸上屋敷の結界に鋭い殺気を放った。

結界が揺れ、裏柳生の忍びが土塀の上に現れた。

刹那、左近は鎖の先に付いた分銅を素早く放った。

分銅は鎖を伸ばして飛び、裏柳生の忍びの額を鋭く打った。

裏柳生の忍びは、額を割られて土塀の内側に崩れ落ちた。

左近は、素早くその場を離れた。

直弥は、分銅で額を割られた忍びの者を見て、千鳥鉄を操る玄鬼の仕業と睨む筈だ。

それで良い……。

左近は笑い、隣の仙台藩江戸中屋敷に足早に向かった。

仙台藩江戸中屋敷には、黒脛巾組の忍びの結界が厳しく張られていた。
左近は、裏の柴井町《しばいちょう》の町家から土塀越しに仙台藩江戸中屋敷に殺気を鋭く放った。
土塀の上に、黒脛巾組の忍びの者が顔を見せた。
刹那、左近は柳生流の十字手裏剣を放った。
黒脛巾組の忍びの者は、額に十字手裏剣を受けて土塀の内に転がり落ちた。
玄鬼は、柳生流十字手裏剣を見て裏柳生の忍びの仕業だと睨む筈だ。
そして、玄鬼と直弥は、互いに敵対心を燃え上がらせる。
左近は、素早く立ち去った。

夕暮れ時が近付いていた。
柳生藩江戸上屋敷の潜り戸が開いた。
直弥は、二人の配下を従えて現れ、増上寺裏門前から愛宕山に向かった。
見張っていた黒脛巾組の忍びたちは、直弥たちを追い、玄鬼に報せに走った。
左近は、連なる大名屋敷の屋根を伝って直弥たちと黒脛巾組の忍びを追った。
直弥と二人の配下は、愛宕権現前から三斎《さんさい》小路を抜けて葵坂を下った。

黒脛巾組の忍びは追った。
直弥と二人の配下は、葵坂を下って溜池の馬場に進んだ。
黒脛巾組の忍びは、追って溜池の馬場に入った。
夕陽は溜池に映えた。
黒脛巾組の忍びは、溜池の馬場に入った。
刹那、直弥と裏柳生の忍びたちが現れ、黒脛巾組の忍びを取り囲んだ。
黒脛巾組の忍びは狼狽えた。
裏柳生の忍びたちは既に溜池の馬場におり、直弥たちは誘い出す囮《おとり》だったのだ。
直弥は、嘲りを浮かべた。
次の瞬間、裏柳生の忍びたちは、黒脛巾組の忍びに十字手裏剣を一斉に放った。
黒脛巾組の忍びには、飛来する十字手裏剣を躱す間はなかった。
飛来した十字手裏剣は、黒脛巾組の忍びの全身に次々と突き刺さった。
血の臭いが湧いた。

血の臭い……。

玄鬼は、葵坂を下りながら微かに血の臭いを嗅いだ。

微かな血の臭いは、溜池の馬場から漂ってきていた。

「溜池の馬場だ。散れ……」

玄鬼は、黒脛巾組の忍びに命じた。

黒脛巾組の忍びは、素早く散って溜池の馬場に向かった。

玄鬼は、溜池の馬場に急いだ。

溜池の馬場には、黒脛巾組の忍びが血塗れになって斃れていた。

玄鬼は、黒脛巾組の忍びが全身に柳生流の十字手裏剣を受けて死んでいるのを見届けた。

直弥たち裏柳生の仕業……。

玄鬼は、五感を研ぎ澄ませて周囲を窺った。

殺気が湧き、一気に押し寄せた。

玄鬼は、地を蹴って跳んだ。

刹那、幾つもの十字手裏剣が玄鬼のいた処に突き刺さった。

玄鬼は着地した。
裏柳生の忍びの者が現れ、得物《えもの》を構えて玄鬼に殺到した。
玄鬼は、千鳥鉄を一振りした。
分銅が鎖を伸ばし、先頭の裏柳生の忍びの者に飛んだ。
先頭の裏柳生の忍びの者は、額を鋭く打たれて仰向けに倒れた。
裏柳生の忍びの者たちは怯まず、玄鬼に迫った。
黒脛巾組の忍びが、裏柳生の忍びの背後に現れて一斉に襲い掛かった。
裏柳生の忍びの者は、狼狽えながらも応戦した。
忍びの者の殺し合いが始まった。
玄鬼は、背後に迫る殺気に振り返った。
直弥が、合羽を翼のように広げて薄暮の空を滑空して迫った。
玄鬼は、千鳥鉄の分銅を放った。
直弥は、白刃を鋭く一閃しながら玄鬼の頭上を飛び抜けた。
分銅と白刃の輝きが交錯した。
直弥の翼のような合羽が分銅に破られ、玄鬼の鬢《びん》の解《ほつ》れ髪が斬り飛ばされた。
直弥は、合羽を棄てて猛然と玄鬼に斬り掛かった。

玄鬼は、千鳥鉄の分銅を廻して応戦した。
溜池の馬場には、忍びの者同士の沈黙の闘いが繰り広げられた。
砂利が飛び、草が千切れた。
白刃の輝きが交錯し、手裏剣が飛び交い、五体のぶつかり合う音がした。
激しい息遣いが鳴り、血の臭いが漂った。
玄鬼の千鳥鉄の分銅の鎖は、直弥の刀に絡み付いた。
直弥は焦った。
玄鬼は、千鳥鉄を操りながら忍び刀を一閃した。
刹那、直弥は刀を玄鬼に投げ付け、大きく跳び退いた。
玄鬼は、投げられた刀を躱して千鳥鉄の分銅を放とうとした。
直弥は、玄鬼に十字手裏剣を放った。
玄鬼は、咄嗟に転がって躱した。
直弥は、口笛を短く鳴らした。
裏柳生の忍びの者たちは、一斉に跳び退いて煙玉を投げた。
白煙が噴き上がった。
直弥と裏柳生の忍びは、白煙の陰に隠れた。

黒脛巾組の忍びは追おうとした。

玄鬼は、指笛を短く鳴らした。

黒脛巾組の忍びは、追うのを止めた。

「此迄《これまで》だ。退け……」

玄鬼は命じた。


直弥と裏柳生の忍びは走った。

左近は追った。

直弥と裏柳生の忍びは、愛宕下大名小路に向かってはいなかった。

何処に行く……。

左近は眉をひそめた。

直弥と裏柳生の忍びは、愛宕神社と増上寺の西側を走った。

此のまま進めば三田だ……。

三田の先は目黒白金だ。

左近は気が付いた。

直弥と裏柳生の忍びの行き先は、目黒の柳生藩江戸下屋敷……。

左近は睨み、直ぐに仙台藩江戸中屋敷に走った。

玄鬼たち黒脛巾組は、愛宕下大名小路の仙台藩江戸中屋敷に戻り、厳重な結界を張った。

左近は、向かい側の旗本屋敷の屋根に戻り、見届けた。

柳生藩江戸上屋敷には、それなりの結界が張られている。

僅かな人数の忍びでの擬態《ぎたい》……。

左近は読んだ。

玄鬼たち黒脛巾組の忍びは、直弥たち裏柳生の忍びが目黒の柳生藩江戸下屋敷に向かった事を未だ知らぬ筈だ。

直弥たち裏柳生の忍びは、此からどのような攻撃を仕掛けるのか……。

高みの見物だ。

左近は笑った。

小癪《こしやく》な真似を……。

玄鬼は、直弥に誘き出されたのを苦笑し、黒脛巾組に裏柳生の忍びに対する備えを厳しくするように命じた。

「お頭……」

黒脛巾組の忍びが玄鬼の許に現れた。

「どうした……」

「裏柳生の結界、何か妙です」

「結界が妙……」

玄鬼は眉をひそめた。

「はい。結界にいつもの殺気が窺えません」

「何だと……」

玄鬼は、黒脛巾組の忍びを従えて用部屋を出た。

左近は、旗本屋敷の屋根に忍び、柳生藩江戸上屋敷と仙台藩江戸中屋敷を見張り続けていた。

玄鬼が黒脛巾組の忍びを従え、仙台藩江戸中屋敷の表御殿の屋根の上に現れた。

玄鬼……。

左近は見守った。

玄鬼は、柳生藩江戸上屋敷を窺った。
気が付いたのか……。
玄鬼は、裏柳生の結界が擬態であり、既に直弥はいないと気が付いたのか……。
左近は、玄鬼を見守った。

玄鬼は、柳生藩江戸上屋敷に手裏剣を投げ込んだ。
柳生藩江戸上屋敷の結界は揺れた。
玄鬼は見据えた。
柳生藩江戸上屋敷の結界は揺れただけで、裏柳生の忍びの動きはなかった。
何故だ……。
何故、結界は揺れただけで、裏柳生の忍びの者は動かないのだ。
玄鬼は眉をひそめた。
頭の直弥はいないのか……。
玄鬼は気が付いた。
裏柳生の忍びの頭の直弥は、柳生藩江戸上屋敷にいないのだ。
「お頭……」

「裏柳生の頭の直弥、柳生藩江戸上屋敷にいないようだ」

玄鬼は告げた。

「えっ……」

黒脛巾組の忍びは、戸惑いを浮かべた。

「よし。目黒にある柳生藩の下屋敷かもしれぬ。急ぎ調べてみろ」

玄鬼は命じた。

「はっ……」

黒脛巾組の忍びは、表御殿の屋根から素早く下りて行った。

「おのれ、直弥、何を企んでいるのだ……」

玄鬼は、厳しい面持ちで柳生藩江戸上屋敷を見据えた。

玄鬼は、直弥が柳生藩江戸上屋敷にいないのに気が付いた。そして、黒脛巾組の忍びを目黒の柳生藩江戸下屋敷に走らせた。

左近は、玄鬼の動きを読んだ。

玄鬼は、仙台藩江戸中屋敷の屋根から下りて行った。

よし……。

左近は、目黒の柳生藩江戸下屋敷に行く事にした。

目黒の柳生藩江戸下屋敷は、田畑の緑に囲まれて静寂に覆われていた。

左近は窺った。

結界は張られているが、殺気に満ち溢れたものではない。

周囲の田畑では百姓が野良仕事をし、南に流れる目黒川では浪人が釣りをしていた。

左近は、百姓や浪人が柳生藩江戸下屋敷を見張る黒脛巾組の忍びだと気が付いた。

直弥たち裏柳生の忍びは、何を企んで下屋敷に来たのだ。

左近は、想いを巡らせた。

白金猿町の仙台藩江戸下屋敷には、藩主一族の伊達小五郎と守役の真山兵庫が僅かな人数の家来と暮らしている。

ひょっとしたら……。

左近は、仙台藩江戸下屋敷に走った。

二

仙台藩江戸下屋敷は表門を閉めていた。

左近は、雉子宮宝等寺《きじのみやほうとうじ》の本堂の屋根に忍び、東隣にある仙台藩江戸下屋敷を窺った。

仙台藩江戸下屋敷に忍びの結界は張られておらず、日々の仕事をしている家来や小者たちの姿が見えた。

藩主一族の愚かな小五郎と守役の真山兵庫の姿は、屋敷内に見えなかった。

おそらく奥御殿にいるのだ。

変わった様子はない……。

左近は見定めた。

浪人がやって来た。

浪人は、目黒川で釣りをしながら柳生藩江戸下屋敷を見張っていた黒脛巾組の忍びの者だ。

左近は気が付いた。

浪人は、仙台藩江戸下屋敷の潜り戸を叩いた。
潜り戸が開き、浪人は仙台藩江戸下屋敷に入って行った。
左近は見送った。
黒脛巾組の忍びの者は、仙台藩江戸下屋敷を繋《つな》ぎ場所にしているのだ。
左近は読んだ。
僅かな刻が過ぎた。
仙台藩江戸下屋敷から家来が現れ、三田の町に足早に出掛けて行った。
玄鬼の許に繋ぎに行く……。
左近は睨んだ。
仙台藩江戸下屋敷に殺気が微かに湧いた。
うん……。
左近は戸惑った。
消えた……。
微かに湧いた殺気は、一瞬にして消えた。
気の所為《せい》か……。
左近がそう思った時、血の臭いが微かに漂った。

血……。

左近は緊張し、微かな血の臭いの出処を探した。

微かな血の臭いは、仙台藩江戸下屋敷から漂ってきていた。

左近は、戸惑いながら仙台藩江戸下屋敷を窺った。

仙台藩江戸下屋敷は、僅かな家来や小者たちが仕事をしているだけで変わった様子は見えなかった。

微かな血の臭いは消えた。

やはり、気の所為か……。

だが、一瞬の殺気はともかく、血の臭いは確かな事だ。

仙台藩江戸下屋敷は、表面的には平静だが、裏では何かが起きているのかもしれない。

そして、そこには直弥たち裏柳生の忍びが絡んでいるか……。

左近は読んだ。

よし……。

左近は決めた。

夕陽は西に沈み、目黒川の流れに映《は》えた。

仙台藩江戸下屋敷は、家来や奉公人たちも仕事を終えて長屋に引き取り、薄暗さに覆われ始めた。

表門脇の門番所には、僅かな宿直の番士たちが詰め、警備や見廻りをしていた。

左近は、田畑の緑の中を走り、仙台藩江戸下屋敷の横手の土塀に跳んだ。

そして、土塀の上に忍んで下屋敷内を窺った。

下屋敷に結界は張られていなく、殺気や異変は窺えなかった。

左近は見定め、下屋敷の奥御殿に向かった。

奥御殿には、愚か者の小五郎と守役の真山兵庫がいる筈だ。

左近は、連なる土蔵の前を抜け、奥御殿を囲んでいる内塀を跳び越えようとした。

結界……。

左近は、奥御殿の周囲に結界が張られているのに気が付いた。

黒脛巾組の忍びの結界か……。

だが、玄鬼たち黒脛巾組の忍びは未だ下屋敷には来てはいない筈だ。

左近は、戸惑いを覚えた。

その時、連なる土蔵の方から微かな血の臭いが漂った。

血の臭い……。

左近は、微かな血の臭いを辿った。

微かな血の臭いは、連なる土蔵の裏手から漂っていた。

左近は、微かな血の臭いの出処を探した。

連なる土蔵の裏手には、土を掘り返した跡があった。

微かな血の臭いは、土を掘り返した跡から漂っていた。

左近は見定め、錣《しころ》を使って土を掘り返した跡を探った。

掘り返した土の跡から男の死に顔が現れた。

浪人……。

埋められていた男は、目黒川で釣りをしていた浪人、黒脛巾組の忍びの者だった。

どういう事だ……。

柳生藩江戸下屋敷を見張っていた浪人に扮した黒脛巾組の忍びの者が、仙台藩江戸下屋敷で殺されて土に埋められていたのだ。

左近は、戸惑いを覚えた。

殺したのは裏柳生の忍びの者……。

だとしたら、奥御殿の周囲に張られている結界は、裏柳生の忍びの張った結界なのかもしれない。

直弥たち裏柳生の忍びは、既に仙台藩江戸下屋敷を占拠しているのか……。

左近は読み、緊張した。

そして、そうとは知らずに来る玄鬼たち黒脛巾組の忍びを皆殺しにしようとしているのだ。

左近は睨んだ。

面白い……。

玄鬼は、直弥の罠《わな》を打ち破るか、それとも罠に嵌《は》まって蹂躙《じゅうりん》されるか……。

左近は、浪人の死体を埋めた穴を元に戻し、連なる土蔵の裏手を出た。

左近は、土蔵の前の暗がりに潜んで表御殿と奥御殿を窺った。

表御殿と奥御殿に目立った警戒はないが、結界が張られているのは間違いない。

左近は読んだ。

此迄だ……。

左近は、横手の土塀を跳び越え、仙台藩江戸下屋敷を後にした。

一刻《いっとき》（二時間）が過ぎた。

左近は、雉子宮宝等寺の屋根に忍び、仙台藩江戸下屋敷を見張った。

数人の男たちが夜道をやって来た。

左近は見据えた。

身のこなしと足取りは、忍びの者だった。

玄鬼たち黒脛巾組の忍び……。

左近は睨んだ。

玄鬼たち黒脛巾組の忍びは、表門脇の潜り戸から仙台藩江戸下屋敷に入った。

果たして何が起こるか……。

左近は、雉子宮宝等寺の屋根から跳び下り、田畑の中を仙台藩江戸下屋敷に走った。

仙台藩江戸下屋敷から殺気が噴き上がった。

玄鬼たち黒脛巾組の忍びは、表御殿の前庭で狼狽えた。

弩《ど》の矢が、表御殿の式台と左右から続け様に放たれた。

「散れ……」

玄鬼は、咄嗟に命じた。

黒脛巾組の忍びは四方に散ったが、逃げ遅れた者が次々と弩の矢に倒れた。

裏柳生の忍びが現れ、散った黒脛巾組の忍びに襲い掛かった。

黒脛巾組の忍びたちは、仙台藩の江戸下屋敷に着いた気の緩みを慌てて棄てた。

しかし、思わぬところで不意を衝かれた黒脛巾組の忍びは、裏柳生の忍びたちに次々に斃された。

「退け……」

玄鬼は命じ、黒脛巾組の忍びの者と表門に後退した。

表門にいた宿直《とのい》の番士たちや中間小者たちは、後退する黒脛巾組の忍びの者に柳生流の十字手裏剣を放って襲い掛かった。

仙台藩江戸下屋敷にいる家来や中間小者は、既に裏柳生の忍びの者に入れ替わっていたのだ。

黒脛巾組の忍びは、次々と斃された。

直弥が、表御殿の式台に現れた。
「玄鬼、既に我が手に落ちた仙台藩の下屋敷、その方共の墓場にしてくれる」
直弥は、玄鬼に嘲笑を浴びせた。
「おのれ、直弥……」
玄鬼は、怒りを露わにして直弥に突進した。
直弥は、式台を蹴って跳んだ。
玄鬼は、跳んだ直弥に千鳥鉄の分銅を放った。
分銅は鎖を伸ばし、跳んだ直弥に襲い掛かった。
直弥は、分銅を躱し、体勢を崩しながらも着地した。
玄鬼は、分銅を廻して直弥に迫った。
直弥は、跳び退いて刀を抜いた。
玄鬼は、分銅を放った。
直弥は、咄嗟に刀で分銅の鎖を斬った。
鎖は断ち斬られ、分銅は飛んだ。
玄鬼は、千鳥鉄の石突《いしづき》から槍の穂先を出して直弥に突き掛かった。
直弥は、猛然と斬り結んだ。

玄鬼の千鳥鉄の穂先は煌めき、直弥の刀は閃いた。

直弥は、鋭く踏み込んで玄鬼に斬り掛かった。

刹那、玄鬼は槍の穂先を出した千鳥鉄を直弥に投げた。

千鳥鉄は穂先を煌めかせて飛び、直弥の太股に突き刺さった。

直弥は倒れた。

「貰った……」

玄鬼は、忍び刀を抜いて倒れた直弥に猛然と迫った。

次の瞬間、裏柳生の忍びたちが玄鬼に襲い掛かった。

玄鬼は、大きく跳び退いた。

裏柳生の忍びたちは、太股から血を流して倒れている直弥を庇い、玄鬼に立ち向かった。

「退け、邪魔するな……」

玄鬼は、裏柳生の忍びを蹴散らしながら直弥に迫った。

裏柳生の忍びは、直弥を連れて退いた。

散っていた黒脛巾組の忍びが集まり、深手《ふかで》を負った直弥を連れて退く裏柳生の忍びに襲い掛かった。

裏柳生の忍びの者は、黒脛巾組の忍びと必死に闘いながら直弥を連れて退いた。

表御殿の一角から火の手が上がった。

裏柳生の忍びが火を放ったのだ。

大名屋敷が火事を出したら、公儀の厳しいお咎《とが》めは必至だ。

「消せ、火を消せ……」

玄鬼は、直弥たち柳生忍びを追うより、放たれた火を消す事を優先した。

黒脛巾組の忍びの半数は、消火に走った。

裏柳生の忍びは、深手を負った直弥を連れて仙台藩江戸下屋敷から引き上げた。

「おのれ、直弥。行き先を突き止めろ」

玄鬼は、数人の黒脛巾組の忍びに追わせた。

仙台藩江戸下屋敷は、付けられた火を消す者、裏柳生を追った者、結界を張る者と忙しく動いた。

左近は、忙しく動く黒脛巾組の忍びの隙を衝き、奥御殿に忍び込んで小五郎のいる座敷に急いだ。

小五郎は、守役の真山兵庫と奥の座敷に閉じ込められ、恐怖に震えていた。

左近は、小五郎が無事なのを見定めた。

玄鬼は、黒脛巾組の忍びを従えて小五郎の許に現れた。

左近は、己の気配を消して見守った。

「玄鬼……」

真山兵庫は安堵した。

「御無事でしたか……」

玄鬼は、冷ややかに笑い掛けた。

「うむ。玄鬼、裏柳生の者共が無礼にも我らを捕らえ、此処に押し込めおった」

小五郎は、今迄震えていた事を忘れたかのように熱《いき》り立った。

「裏柳生は私を人質にして黒脛巾組を始末しようと企てていたぞ」

小五郎は、腹立たしく玄鬼に訴えた。

「それはそれは……」

玄鬼は苦笑した。

「玄鬼、その方共を倒さんと、我らの命を弄《もてあそ》びおった。早々に始末致せ」

小五郎は、声を怒りに震わせた。

「そうですな……」

玄鬼は、冷笑を浮かべて小五郎の心《しん》の臓《ぞう》を苦無で一突きにした。

「おおっ……」

小五郎は、驚愕《きようがく》に眼を瞠って仰け反った。

「な、何をする、玄鬼……」

真山兵庫は驚いた。

「仙台藩伊達家にとっては役立たず、敵に捕らえられて味方の足を引っ張るだけの愚か者。裏柳生の忍びに始末されたとは哀れな者だ」

玄鬼は吐き棄て、苦無を抉《えぐ》った。

「げ、玄鬼……」

小五郎は、顔を醜く歪めて絶命し、崩れ落ちた。

「玄鬼……」

真山兵庫は立ち尽くした。

「真山どの、愚か者の守役、御苦労でしたな。恨むべき相手は裏柳生の忍び。そうであろう」

玄鬼は、小五郎の死を見定めて真山兵庫に笑い掛けた。

「う、うむ……」

真山兵庫は頷いた。

「ならば、早々に始末をするのだな……」

玄鬼は、冷酷に云い放って奥御殿の座敷から出て行った。

真山兵庫は、小五郎の死体の傍に呆然と座り込んだ。

左近は、見届けて隠形を解いた。


裏柳生の忍びは、深手を負った直弥を連れて柳生藩江戸下屋敷に駆け込んだ。

追って来た黒脛巾組の忍びは見届けた。

裏柳生の忍びの者は、下屋敷に厳しい結界を張って護りを固めた。

「おのれ、玄鬼……」

直弥は、怒りに塗れた。


左近は、柳生藩江戸下屋敷を眺めた。

直弥たちが戻り、護りを固めた……。

左近は苦笑した。

追って来た黒脛巾組の忍びは、直弥たち裏柳生の忍びが柳生藩江戸下屋敷に戻ったのを見届け、仙台藩江戸下屋敷に帰った。

玄鬼は、直弥に深手を与えた勢いに乗じて一気に決着をつけようとする筈だ。

左近は読んだ。

何れにしろ、玄鬼と直弥の二人を斃さない限り、裏柳生と黒脛巾組の忍びの殺し合いは続くのだ。

もう死人は充分だ……。

左近は、柳生藩江戸下屋敷を眺めた。

三

直弥の傷が癒《い》えぬ間に攻める……。

玄鬼は、裏柳生の忍びの潜む柳生藩江戸下屋敷攻撃の仕度を急ぎ、黒脛巾組の忍びを放った。

黒脛巾組の忍びの者は、柳生藩江戸下屋敷を囲み、裏柳生の忍びの出入りを見張った。

左近は、岡山藩江戸下屋敷の表御殿の屋根に忍び、西の田畑の向こうにある柳生藩江戸下屋敷を見張った。

柳生藩江戸下屋敷の周囲の田畑には、黒脛巾組の忍びの者が取り囲むように忍んだ。

編笠を被った二人の浪人が、柳生藩江戸下屋敷から出て来て行人坂《ぎょうにんざか》や権之助《ごんのすけ》坂のある道に向かった。

身のこなしや足取りから見て忍び……。

左近は読んだ。

田畑に忍んでいた黒脛巾組の忍びもそう睨み、編笠を被った二人の浪人を追った。

左近は、岡山藩江戸下屋敷の表御殿の屋根から跳び下り、緑の田畑を走った。

編笠を被った二人の浪人は、田畑の中の田舎道を足早に進んだ。

左右の田畑から手裏剣が飛来した。

二人の浪人は、咄嗟に被っていた編笠を取って手裏剣を打ち払った。

黒脛巾組の忍びが田畑から現れ、二人の浪人に襲い掛かった。

二人の浪人は、呆気なく斃された。

黒脛巾組の忍びは、二人の浪人の死体を田畑に隠して戻ろうとした。
左近が現れた。
黒脛巾組の忍びは身構えた。
左近は、黙ったまま黒脛巾組の忍びに近付いた。
次の瞬間、黒脛巾組の忍びの者が左近に斬り付けた。
左近は、僅かに身を退いて躱し、無明刀を無雑作に一閃した。
黒脛巾組の忍びの者は、脚の筋を斬られて倒れた。
残る黒脛巾組の忍びの者が跳び退き、慌てて身構えた。
「おのれ、何者だ……」
黒脛巾組の忍びは、嗄《しゃが》れ声を震わせた。
左近は、鋒《きっさき》から血の滴る無明刀を提げ、身構えた黒脛巾組の忍びに近付いた。
黒脛巾組の忍びの一人が、左近に跳んだ。
左近は、無明刀を一閃した。
黒脛巾組の忍びは、太股から血を滴らせて田舎道に倒れた。
左近は、尚も進んだ。
黒脛巾組の忍びは、一斉に左近に襲い掛かった。

左近は、無明刀を縦横に閃かせた。

無明刀は煌めき、血を飛ばした。

黒脛巾組の忍びは、手足の筋を斬られて次々に倒れた。

此で殺し合いから離れるが良い……。

左近は、手足の筋を斬られて踠《もが》く黒脛巾組の忍びを見据えた。

「玄鬼に伝えろ。岡山藩江戸下屋敷の前の目黒川に架かっている小橋に一人で来いとな」

左近は、踠く黒脛巾組の忍びに告げて立ち去った。

田畑の緑は、吹き抜ける風に揺れた。


左近は、雉子宮宝等寺の屋根から仙台藩江戸下屋敷を見張った。

数人の黒脛巾組の忍びの者が、仙台藩江戸下屋敷から現れて田舎道を岡山藩江戸下屋敷に向かって立ち去った。

左近は苦笑した。

僅かな刻が過ぎ、玄鬼が現れてやはり岡山藩江戸下屋敷に向かった。

よし……。

左近は、雑子宮宝等寺の屋根を下りて緑の田畑に走った。
目黒川に笹舟が流れ去った。
玄鬼は、目黒川に架かっている小橋の上に佇んだ。
黒脛巾組の忍びを翻弄し、俺を呼び出したのは得体の知れぬ忍びの者だ。
何者なのだ……。
裏柳生の忍びでないのは確かだ。
とにかく、その者の素性を見定めなければならない。
玄鬼は、目黒川に架かっている小橋に佇んで得体の知れぬ忍びが現れるのを待った。
「玄鬼……」
小橋の下から男の声が玄鬼を呼んだ。
玄鬼は、思わぬ処からの声に緊張した。
「動くな。動けば、真下から串刺しにする」
男の声には、笑みが含まれていた。
得体の知れぬ忍び……。

「おのれ……」

玄鬼は、足許を取られて悔しさを滲ませた。

「周りの畑に忍ばせた黒脛巾組の忍びを引き上げさせろ……」

忍びは命じた。

「何……」

「さもなければ……」

忍びの言葉が途切れた途端、小橋の先の床下から苦無が飛び出した。

忍びは、いつでも串刺しに出来るのを見せつけた。

「分かった……」

玄鬼は、短く合図をした。

周りの田畑が揺れ、黒脛巾組の忍びの者が立ち去って行った。

「配下の者共は引き上げた」

玄鬼は告げた。

「よし……」

忍びの声がし、背後の田畑が揺れた。

玄鬼は、背後の田畑を振り返った。

背後の揺れた田畑には、誰もいなかった。

玄鬼は戸惑い、慌てて振り向いた。

左近は、いつの間にか小橋の上に佇んでいた。

「お前か……」

玄鬼は、左近を厳しく見据えた。

「伊達黒脛巾組の頭の玄鬼……」

左近は、玄鬼に笑い掛けた。

「何者だ……」

「日暮左近……」

左近は名乗った。

「何処の忍びだ……」

「はぐれ忍び……」

左近は告げた。

「はぐれ忍び……」

「うむ、仲間と流派を棄てたはぐれ忍びだ」

「そうか。そのはぐれ忍びが何故、我らと裏柳生の忍びの争いに首を突っ込む

「……」

玄鬼は、左近を見据えた。

「堀田京之介こと水野京之介の借金の取り立て。伊達小五郎に怪我をさせられた百姓の和談金。そして、黒木兵部に抜け荷の品の紅玉や青玉などを使った帯留や簪を作るように脅され、女房に三行半を残して消えた錺職を捜しただけだ……」

左近は苦笑した。

「それで、黒脛巾組と裏柳生の争いに首を突っ込んだだか……」

「そんなところだ……」

「して、どうする……」

「無益な殺し合い、もう止めるのだな」

左近は、玄鬼を見据えた。

「出来ぬ、と云ったら……」

玄鬼は、嘲笑を浮かべた。

「斬る……」

左近は笑った。

刹那、玄鬼は大きく跳び退いた。

左近は、小橋の上に佇んだ。
「はぐれ忍びの日暮左近、此迄だ……」
玄鬼は、千鳥鉄を出して鋭く振った。
分銅が鎖を伸ばし、唸りを上げて左近に飛んだ。
左近は、僅かに身体を開いて分銅を躱した。
分銅は左近の胸元を飛び抜け、鎖を伸ばした。
左近は、無明刀を抜き打ちに斬り下げた。
閃光が走った。
鎖が断ち斬られ、分銅は飛び抜けた。
「おのれ……」
玄鬼は狼狽えた。
左近は笑った。
玄鬼は、千鳥鉄の鐏《こじり》の穂先を出し、槍のように左近に投げた。
左近は、無明刀を横薙ぎに一閃した。
千鳥鉄は音も立てずに両断され、田畑に飛ばされた。
玄鬼は、微かな焦りを覚えた。

左近は、薄笑いを浮かべてゆっくりと玄鬼に向かった。
玄鬼は、刀を抜き払った。
左近は立ち止まり、無明刀を頭上高く真っ直ぐ構えた。
天衣無縫の構えだ。
隙だらけだ……。
玄鬼は刀を構え、左近に向かって猛然と駆け出した。
左近は、天衣無縫の構えを崩さなかった。
玄鬼は、地を蹴って左近に跳び、刀を一閃した。
剣は瞬速……。
無明斬刃……。
左近は、無明刀を真っ向から斬り下げた。
玄鬼は、左近の傍を跳び抜けた。
左近は、残心《ざんしん》の構えを取った。
無明刀の鋒から血が滴り落ちた。
玄鬼は、額に赤い糸のような血を浮かべて大きく揺らいだ。
左近は、残心の構えを解いた。

玄鬼は、体勢をゆっくりと崩して目黒川に落ちた。
水飛沫が上がり、陽差しに煌めいた。
左近は、無明刀に拭いを掛けて鞘に納めた。
玄鬼は滅び、その死体は目黒川を流れ去って行った。
左近は見送った。

玄鬼の死は、黒脛巾組に直ぐに知れた。
黒脛巾組の忍びは、柳生藩江戸下屋敷の周囲の田畑から退いた。
頭の玄鬼を失い、黒脛巾組は鳴りを潜める筈だ。
残るは、裏柳生の忍びの頭の直弥を始末する事だ。
直弥は、玄鬼に太股の深手を負わされて以来、柳生藩江戸下屋敷にいる筈だ。
左近は、岡山藩江戸下屋敷の屋根に忍んで柳生藩江戸下屋敷を眺めた。
柳生藩江戸下屋敷は、裏柳生の忍びが結界を張り、警戒を厳しくしていた。
裏柳生の忍びに気が付かれず、忍び込むのは無理なのか……。
柳生藩江戸下屋敷には、出入りする者も少なかった。
さあて、どうする……。

左近は、柳生藩江戸下屋敷に忍び込む手立てを思案した。

陽は西に大きく傾き、夕暮れ時が近付いた。


夜。

柳生藩江戸下屋敷の結界は、裏門にも張られていた。

左近は、裏柳生の忍びの眼を意識しながら横手の土塀沿いを進んだ。そして、裏門の潜り戸を叩いた。

「何方《どなた》だ……」

潜り戸の覗き窓が開き、番士が顔を見せた。

「拙者、此方《こちら》の御家来、清水祐之助どのの知り合いで日暮と申す者。清水どのに急用があって参った」

左近は、かつて伊達小五郎が捕らえられた時、締め上げて居場所を吐かせた柳生藩江戸下屋敷詰の家来の名を使った。

「清水どのの知り合い……」

番士は眉をひそめた。

「うむ。祐之助はいるかな……」

「急用とは……」

「祐之助の実家の事です……」

「清水どのの実家……」

番士は、裏門の潜り戸を開けた。

左近は、裏門の潜り戸から柳生藩江戸下屋敷に入った。

「ならば、清水どのを呼んで来る。暫時《ざんじ》お待ち下さい」

番士は、侍長屋に走った。

左近は、他の番士や中間に会釈をして腰掛けで待った。

裏柳生の忍びの者の左近を見詰める視線は、次第に薄れ始めた。

僅かな刻が過ぎ、清水祐之助がやって来た。

「やあ、祐之助……」

左近は、やって来た清水祐之助に笑顔で声を掛けた。

「えっ……」

清水は、左近の顔を見て戸惑った。

「俺だ、日暮だ……」

左近は、腰掛けから立ち上がり、清水に近付いた。

「あっ……」

清水は、左近を忘れていなかった。

「うん、俺だ。御造作《ごぞうさ》をお掛け致した」

左近は、裏門の番士や中間たちに礼を述べ、清水を促して侍長屋に向かった。

裏柳生の忍びの者の視線は途切れた。

左近は、裏柳生の忍びの監視を外れたのを知った。

清水祐之助は、戸惑いと緊張に塗《まみ》れた。

「変わりはないか……」

左近は笑い掛けた。

「ああ……」

清水は、強張《こわば》った面持ちで頷いた。

「久し振りに逢った友だ。楽しそうに笑いながらお前の侍長屋に行け……」

左近は命じた。

「わ、分かった……」

清水は頷き、侍長屋の一室に左近を誘った。

古い部屋は殺風景だった。

清水祐之助は、敷いてあった蒲団を二つに折って壁に押し付けた。

「な、何しに来たんですか……」

清水は、左近を恐ろしげに見詰めた。

「裏柳生の忍び頭の直弥に逢いたくてな」

「裏柳生の忍び頭……」

清水は眉をひそめた。

「ああ。深手を負って養生している筈だ」

左近は告げた。

「深手、それなら北の重臣屋敷にいるのかもしれぬ」

「北の重臣屋敷……」

「ええ。前を通った時、薬湯の臭いを嗅いだ覚えがある……」

「薬湯の臭いか……」

左近は笑った。

「はい……」

清水は頷いた。

「よし。ならば、厠《かわや》に行って来る。大人しくしていろ……」

左近は、清水に云い聞かせた。

「う、うん……」

清水は頷いた。

左近は、清水の部屋を出た。


柳生藩江戸下屋敷は、静けさに沈んでいた。

左近は、侍長屋の奥にある厠に向かった。

侍長屋や土塀の上には、裏柳生の忍びが結界を張っていた。

左近は厠に入り、辺りを窺った。

厠を見詰め、窺う視線はなかった。

左近は、忍び装束になって厠から暗がりに走った。そして暗がり伝いに北の重臣屋敷に向かった。

北の重臣屋敷は、表御殿を囲む内塀の外にあった。

左近は、暗がりに忍んで重臣屋敷を窺った。

薬湯の臭いが、微かに漂っていた。

清水祐之助の云っていた薬湯の臭いだ。

おそらく、太股に深手を負った直弥が養生《ようじょう》しているのだ。

左近は読み、重臣屋敷を囲んでいる板塀を跳び越えた。

板塀に囲まれた重臣屋敷は、静寂と闇に覆われているだけで結界は張られていなかった。

左近は見定め、重臣屋敷の裏手に廻った。

そして、問外を使って勝手口の板戸の掛金を外し、素早く台所に忍び込んだ。

台所は暗く、薬湯の臭いに満ちていた。

左近は、暗い台所に忍び、屋敷内の様子を窺った。

人の動く気配や殺気は窺えなかった。

よし……。

左近は、暗い台所から廊下に出た。

廊下の両側には、暗い座敷が幾つか並んでいた。

その座敷の何処かに直弥がいる筈だ。

左近は、並んでいる暗い座敷を窺いながら廊下を進んだ。

薬湯の臭いが強くなった。

直弥のいる座敷は近い……。

左近は、傍らの暗い座敷に忍び込んだ。

暗い座敷に人はいなかった。

左近は見定め、座敷の鴨居《かもい》に跳んだ。そして、天井板を開けて天井裏に忍び込んだ。

四

天井裏には、撒き菱が撒かれ、鳴子の紐が張り巡らされていた。

左近は梁の上にあがり、撒き菱を退け、鳴子の紐を躱し、慎重に薬湯の臭いの強い座敷の上に進んだ。

薬湯の臭いは強くなった。

左近は、梁に両脚を巻き付けて逆さになり、天井板に苦無の先で小さな穴を開けた。
　さらに、薬湯の臭いが強くなった。
　左近は、天井板に開けた小さな穴を覗いた。
　暗い座敷に敷かれた蒲団には、若い男が寝ていた。
　直弥……。
　左近は睨み、天井板を外して座敷に跳び下りた。
　左近は、暗い座敷の隅に音もなく着地した。
　寝ている若い男に息の乱れはなく、殺気も窺えなかった。
　左近は見定め、寝ている若い男に忍び寄った。
　刹那、蒲団が撥ね上げられ、若い男が片膝立ちで抜き打ちの一刀を放った。
　左近は、抜き打ちの一刀を掻い潜り、素早く直弥を背後から押さえた。
　直弥は踠《もが》いた。
　左近は、踠く直弥の背中から心の臓に長針を鋭く打ち込んだ。
　直弥は仰け反り、手から刀が転がった。
　左近は、長針を静かに抜いた。

直弥は死んだ。

長針で心の臓を背中から一突きにされて斃れた。

闇の中の一瞬の出来事だった。

それは、殺気を露わにする間もない、獣の本能的な闘いだった。

左近は、死んだ直弥を蒲団に寝かせ、刀を鞘に納めて傍に置いた。そして、天井板を直し、侵入者の痕跡の一切を消した。

直弥は、一見したところ、急な心の臓の発作による死でしかないのだ。

左近は、直弥を一瞥して座敷を出た。


左近は、台所の勝手口から重臣屋敷を出て暗がり伝いに侍長屋の厠に戻った。

そして、忍び装束を替え、侍長屋の清水祐之助の部屋に戻った。

「あっ、何処に行っていたんですか……」

清水祐之助は、声を震わせた。

「厠だ、厠。邪魔をしたな。見送った方が良いぞ」

左近は、清水に笑い掛けて出て行った。

「あっ……」

清水は、慌てて左近に続いた。

「ではな。お邪魔致した……」

左近は、清水祐之助と番士たちに会釈をして柳生藩江戸下屋敷の裏門を出た。

結界を張る裏柳生の忍びの者たちは、帰って行く左近を見送った。

入る者に厳しく、出る者に緩い……。

左近は、結界の弱点を腹の内で笑った。

玄鬼と直弥を始末した限り、黒脛巾組と裏柳生の殺し合いは一時的には鎮まる筈だ。だが、終わった訳ではない。

殺し合いは、いつか再び始まる……。

しかし、それはもう左近に拘わりのない事なのだ。

左近は、公事宿『巴屋』の出入物吟味人として、借金の踏倒し、事故の和談金、三行半の件を始末した。

仕事は、疾《と》うの昔に終わっている。

帰る……。

左近は、夜道を鉄砲洲波除稲荷傍の公事宿『巴屋』の寮に急いだ。

寝静まっている夜の町は、蒼白い月明かりに照らされていた。

数日が過ぎた。

抜け荷の紅玉や青玉を使った帯留や簪を作らされた錺職の文七は、女房おすみと倅の文吉を連れて元浜町の家に戻った。そして、錺職の平穏な日々に戻った。

公事宿『巴屋』主の彦兵衛は、鉄砲洲波除稲荷の家にいる左近を訪れた。

「えっ。仙台藩の江戸留守居役の白石織部が腹を切った……」

左近は眉をひそめた。

江戸留守居役の白石織部は、仙台藩の抜け荷の江戸での責任者であり、黒脛巾組を使っていた者だ。

「ええ。表向きは病での頓死《とんし》と云っていますが、噂じゃあ何らかの責めを取っての切腹だとか。ひょっとしたら抜け荷が絡んでいるのかも……」

彦兵衛は声を潜めた。

「そうですか……」

左近は頷いた。

仙台藩は、抜け荷を売り捌く役目の松宮藩や唐物屋『湊堂』を失い、伊達黒脛巾組の頭の道鬼や玄鬼を斃された責めを、江戸留守居役の白石織部に背負わせたのだ。

「それから、大目付の笠原主水正、どうやら仙台藩から手を引いたようですよ」

彦兵衛は告げた。

「留守居役の白石織部が腹を切ったからですか……」

「それだけじゃあないでしょう」

彦兵衛は苦笑した。

「それだけじゃあない……」

「ええ。きっと仙台藩から金を貰ったんですよ……」

彦兵衛は読んだ。

「金ですか……」

「ええ。それで抜け荷の一件から手を引いた。お偉いさんのやりそうな事ですよ」

彦兵衛は、腹立たしげに云った。

「そうですね……」

左近は、虚しさを覚えた。

だが、左近以上に虚しいのは、殺し合って死んでいった忍びの者たちなのだ。

左近は、虚しさの中に怒りを覚えずにはいられなかった。


数日後。

塗笠を目深に被った左近は、神田駿河台にある大目付笠原主水正の屋敷の前に佇んでいた。

役目を嵩《かさ》に脅しを掛け、金を貰って手を引く。

狡猾で汚い遣《や》り口……。

笠原主水正は、仙台藩から金を貰って何もかもに眼を瞑《つむ》ったのだ。

裏柳生は放り出され、直弥たち忍びの者の死は無駄死にでしかなかった。

笠原主水正……。

左近は、笠原屋敷を眺めた。

若い武士が一方から笠原屋敷に駆け寄り、門番に何事かを報せた。

笠原主水正が下城して来た先触れだ。

左近は読み、笠原屋敷の横手の土塀に跳び、屋敷内に忍び入った。

供侍たちに護られた武家駕籠がやって来た。

笠原屋敷の表門が開いた。

武家駕籠一行は、番士たち家来に迎えられて笠原屋敷の表門を潜った。

中間たちは表門を閉めた。

軋みが響いた。


大目付笠原主水正は、家来の介添えで着物を着換え、肥《ふと》った身体を座敷に据えて茶を啜った。

庭先から微風が吹き抜けた。

笠原は、眼を細めて庭先を眺めた。


今だ……。

左近は、庭の植込みの陰から座敷の笠原に棒手裏剣を投げた。

煌めきが飛んだ。

小さな音が鳴り、笠原の額に棒手裏剣が突き刺さった。

笠原は眼を瞠り、呆然とした面持ちで斃れた。

左近は、植込みの陰から素早く消えた。

神田川の流れは煌めいた。

柳原通りの柳並木は、風に緑の枝葉を揺らした。

左近は、柳原通りから柳森稲荷に入った。

そして、鳥居と露店の間を通って奥にある葦簀張りの飲み屋に入った。

「おう……」

主の嘉平は、湯呑茶碗に酒を満たして差し出した。

「仕事、終わったようだな」

嘉平は訊いた。

「うむ。裏柳生と伊達の黒脛巾組の噂、何か聞いたか……」

左近は、酒を飲んだ。

「ああ。裏柳生は大和《やまと》に。黒脛巾組は仙台に、それぞれ帰ったそうだぜ」

嘉平は苦笑した。

頭を失った二つの忍びは、国許に引き上げたのだ。

「そうか……」

左近は頷いた。

「遣《つか》い手《て》の公事宿の出入物吟味人を知っているか……」

嘉平は、不意に左近に笑い掛けた。

左近は、嘉平を見据えた。

「そう訊いて来た奴がいるよ」

嘉平は笑った。

「誰かな……」

「裏柳生の片平半蔵……」

「片平半蔵か……」

片平半蔵は、御側衆の堀田京之介の右腕として信濃国松宮藩と抜け荷の拘わりを探り、黒脛巾組の忍びに倒されて蘇った裏柳生の者だ。

「そうか。片平半蔵が捜しているか……」

「ああ。知っていると云ったら、何処の忍びだと訊いて来た……」

「して……」

「関八州《かんはっしゅう》のはぐれ忍び。知っている事はそれだけだとな……」

嘉平は告げた。

「そうか……」

裏柳生の片平半蔵は、公事宿の出入物吟味人の日暮左近を捜している。

それは、左近の素性をある程度、知ったからに他ならないのだ。

左近は知った。


大禍時《おおまがとき》。

亀島川と合流する八丁堀に架かっている稲荷橋を渡った左近は、何者かの見詰める視線を感じて鉄砲洲波除稲荷の境内に向かった。

鉄砲洲波除稲荷の境内に人はいなく、江戸湊からの風が吹き抜けて何本もの赤い幟旗が揺れていた。

薄暗い海では、白浪が静かに寄せては返していた。

左近は振り返った。

痩せた蒼白い顔の侍が暗がりから現れた。

「おぬしは……」

「片平半蔵……」

蒼白い顔の侍は、左近を鋭く見据えた。

「片平半蔵か……」

左近は、片平半蔵が嘉平の店に現れたのを思い出した。

「公事宿巴屋出入物吟味人、日暮左近。どの件にもお前が拘わっていたのに気が付いた……」

「仕事をした迄だ……」

左近は苦笑した。

「そして、裏柳生の直弥も始末したか……」

半蔵は、左近を睨み付けた。

「伊達黒脛巾組との殺し合い、止めさせる為にな……」

「黙れ……」

半蔵は、刀を抜き払って左近に鋭く斬り掛かった。

左近は、跳び退いて躱した。

半蔵は、刀を煌めかせて左近に迫った。

左近は、跳び退いて躱し続けた。

半蔵の刀は鋭く瞬いた。

左近は、無明刀を横薙ぎに抜き、半蔵の刀を打ち払った。

半蔵は、踏み止まって左近に斬り掛かった。

左近は、無明刀を唸らせた。
刃が嚙み合い、火花が飛び散った。
左近と半蔵は、激しく斬り結んで互いに大きく跳び退いた。
風が吹き抜け、赤い幟旗が揺れた。
半蔵は、刀を右肩に担いで左近に向かって地を蹴った。
左近は、無明刀を頭上高く構えた。
天衣無縫の構えだ。
隙だらけだ。
貰った……。
半蔵は、猛然と左近に駆け寄り、鋭く斬り付けた。
剣は瞬速……。
無明斬刃……。
左近は、無明刀を真っ向から斬り下げた。
煌めきが交錯した。
左近と半蔵は、残心の構えで凍て付いた。
風は止まった。

半蔵の手から刀が落ちた。
乾いた音が鳴り響いた。
半蔵は、額から血を流して横倒しに崩れた。
左近は、残心の構えを解いて倒れた半蔵を検めた。
半蔵は、息絶えていた。
左近は手を合わせ、半蔵の死体を担ぎ上げた。
半蔵の死体は、病み上がりの所為《せい》か哀しい程に軽かった。
左近は、半蔵の死体を担いで鉄砲洲波除稲荷の境内から立ち去った。
風は再び吹き始め、赤い幟旗を揺らした。
鉄砲洲波除稲荷の境内には、江戸湊の潮騒が満ちた。

光文社文庫

文庫書下ろし／長編時代小説
無《む》駄《だ》死《じ》に　日《ひ》暮《ぐらし》左《さ》近《こん》事《じ》件《けん》帖《ちょう》
著者　藤《ふじ》井《い》邦《くに》夫《お》

2022年1月20日　初版1刷発行

発行者　鈴木広和
印刷　萩原印刷
製本　フォーネット社

発行所　株式会社　光文社
〒112-8011　東京都文京区音羽1-16-6
電話　(03)5395-8149　編集部
8116　書籍販売部
8125　業務部

ISBN978-4-334-79299-2　Printed in Japan

組版　萩原印刷